KB109686

정수경전

서유경 옮김

박문사

정수경전

초판인쇄 2022년 05월 06일 ㅣ 초판발행 2022년 05월 16일

옮긴이   서유경
발행인   윤석현 ㅣ 발행처 도서출판 박문사 ㅣ 등록번호 제2009-11호
우편주소 (01370) 서울시 도봉구 우이천로 353
대표전화 (02) 992-3253 ㅣ 전송 (02) 991-1285
전자우편 bakmunsa@daum.net
책임편집 윤여남

ⓒ 서유경 2022

ISBN 979-11-92365-05-3   (03810)   정가 10,000원

머리말

〈정수경전〉은 정수경이라는 남자 주인공이 여러 번의 죽을 고비를 넘기고 마침내 행복한 삶을 얻게 되는 내용을 다룬 작품이다. 기존의 연구에서 〈정수경전〉은 송사소설 유형에 속하는 것으로 논의되기도 하고, 운명 설화를 바탕으로 형성된 작품으로 주목되기도 하였다.

〈정수경전〉은 비슷한 표제를 가진 〈정수정전〉과 자주 혼동되어 다루어졌다. 실제로 〈정수경전〉과 〈정수정전〉의 이본을 살펴보다 보면, 〈정수경전〉인데 〈정수정전〉으로 적혀 있거나 그 반대인 경우도 있다. 그렇지만 〈정수정전〉은 여성 영웅을 주인공으로 한 일대기로 〈정수경전〉과 전혀 다른 내용이 서술된 작품이다.

이 책에서 한 권으로 묶은 〈정수경전〉은 활자본 1종과 필사본 1종이다. 활자본 〈정수경전〉은 한성서관에서 발간된 것으로 원제는 〈교정 정수경전(校訂 鄭壽景傳)〉이다. 여기서는 현대어 번역만 실었다. 필사본 〈정수경전〉은 국립한글박물관에 소장되어 있는 이본으로 원문 제목이 〈뎡슈졍젼〉으로 되어 있어 제목으로는 여성 영웅소설이라고 오해될 소지도 있다. 필사본 〈정수경전)은 현대어 번역과 함께 원문도 실었다.

활자본 〈정수경전〉을 중심으로 주요 내용을 정리하면 다음과 같다.

- 경상도 안동부 운학동에 정운선이라는 재상이 살았다. 정운선은 병조판서까지 지냈으나 벼슬을 그만두고 고향에 돌아와 지냈다.
- 정운선에게는 한 가지 큰 근심이 있었으니 바로 자식이 없다는 것이었다. 정운선 부부는 자식 얻기를 바라는 마음에 기도를 하였는데, 꿈을 꾸고 난 뒤 수경을 낳았다.
- 정운선은 정수경을 아끼고 사랑하며 잘 기르다가 병을 얻어 죽게 되었다. 정운선의 빈소에 범들이 달려들었으나 수경이 달래어 보냈다.
- 부처가 승려로 현신하여 나타나 정운선의 묘자리를 정해 주었다.
- 정수경이 나라에서 과거 시험을 실시한다는 소식을 듣고 과거를 보려 하였다. 정수경의 모친은 정수성이 과거 보는 것을 만류하지만 마침내 다섯 양을 주어 보낸다.
- 정수경은 과거 보러 가는 길에 점을 보았는데, 점쟁이가 정수경에게 죽을 액이 있다고 하였다. 정수경이 점

쟁이에게서 액을 막을 글귀를 받는다.

- 정수경이 어떤 주막에서 밤을 보내게 되었는데, 그날 밤에 주막 부인이 강도에게 저항하다 죽는다. 외출했던 주막 주인이 돌아와서 주막 부인이 죽은 것을 보고 정수경을 범인으로 지목한다.

- 정수경이 억울하게 주막 부인의 살인범으로 갇혔을 때 점쟁이가 준 글귀를 제시한다. 태수 부인이 정수경이 준 글을 해석하여 이일천이 범인임을 밝힌다.

- 정수경이 감옥에서 풀려나 경성에 도착하여 숙소를 정한다. 정수경은 경성 구경을 다니다가 점을 본다.

- 점쟁이는 정수경이 네 번 죽을 운수에서 한 번은 면했다고 한다. 그리고 정수경이 앞으로 세 번의 죽을 운이 있다고 하자, 점쟁이에게 나머지 세 번의 죽을 운수를 면할 방책을 알려 달라고 애걸한다.

- 점쟁이가 정수경에게 두 번의 액은 천만다행으로 면할지 모르겠지만 마지막 액은 면하기가 매우 어렵다고 한다. 점쟁이는 정수경이 죽을 지경이 되었을 때 내어놓으라면서 백지에 누런 색깔로 대나무 하나를 그려준다.

- 정수경이 점을 보고 숙소로 돌아오는 길에 보쌈을 당한다. 정수경은 액막이 신랑 노릇을 하고 죽을 위기를 맞게 되어 영결시를 짓는다.

- 액막이 신랑 노릇을 하고 죽으러 가는 정수경에게 신부였던 소저가 은자 석 되를 준다. 그 은자로 정수경은 죽을 위기에서 벗어나 과거 시험을 보고 장원급제를 한다.
- 좌의정 이공이 정수경을 사위로 삼고자 하였으나 결국 우의정 김공필이 정수경을 사위로 맞는다.
- 김 정승의 딸과 혼인한 첫날 밤에 잠이 오지 않아 뒤척이던 정수경이 인기척에 놀라 병풍 뒤에 숨는다. 신혼방에 들어온 강도가 신부를 죽이는 것을 병풍 뒤에서 본 정수경은 놀라 기절한다.
- 정수경이 김 정승 딸을 죽인 범인으로 몰려 칠 개월이나 옥에 갇혀 있게 된다.
- 정수경이 죽게 되었을 때 점쟁이가 준 그림이 생각나서 관원에게 전해 준다.
- 정수경이 내민 그림을 해석할 사람을 찾자, 이 정승의 딸이 나서서 김 정승 딸의 살인범이 백황죽임을 알아낸다.
- 살인범으로 잡혀 온 백황죽은 자신이 김 징승 딸과 사통하는 사이였고, 그 딸이 혼례를 하자 정수경을 죽이러 들어갔다가 소저를 죽인 것이라고 자백한다.
- 임금이 이 승상에게는 상을 내리고, 정수경에게는 형

조참판을 제수하고 김 정승은 삭탈관직하였다.

- 이 정승의 딸과 정수경은 혼례를 올린다. 정수경은 이 소저 방 벽에 붙어 있는 자신의 영결서를 보고 이 소저가 보쌈당해 만났던 여인임을 알고 놀란다.
- 정수경 부부는 이남 일녀를 두고 잘 산다.

이렇게 〈정수경전〉의 내용을 살펴보면, 정수경은 죽을 고비를 네 번이나 넘기는 것을 알 수 있다. 그런데 대부분의 필사본 〈정수경전〉에서는 정수경이 죽을 고비를 세 번 정도 겪는 것으로 나온다. 이러한 차이는 〈정수경전〉의 이본 생산 과정에서 생긴 것이라 할 수 있다.

정수경이 점을 보고 나서 자신의 죽을 운명을 알게 되고서도 집으로 돌아가지 않고 과거 시험 보러 가는 길을 계속하는 과정에서 정수경의 꿋꿋함을 읽을 수 있다. 이러한 정수경의 행동은 점을 쳐서 미리 자신의 운명을 안다고 해서 자신이 정한 길을 되돌리거나 포기하지 않는 용기와 의지를 보여준다. 이는 운명에 대한 태도를 생각하게 하는 지점이다.

〈정수경전〉을 현대어로 다시 쓰면서 고려한 원칙은 원문의 서술을 최대한 살리면서도 읽기 쉽게 하는 것이었다. 이에 따라 고전소설의 원문을 충실히 옮기면서도 이해하기 쉽도록 풀어서 쓰고, 문맥을 채워야 하는 부분을 보완하는 방향으로 서술하였다. 활자본 〈정수경전〉은 현대어 번역만 제시하고, 필사본 〈정수경전〉은 현대어와 함께 원문도 실었다. 현대어 번역에는 책의 면수를 표기하지 않았다. 최대한 오류가 없도록 여러 번씩 검토하고 수정하는 작업을 하였으나 여전히 어딘가에 수정이 필요한 부분이 있을 것 같다. 필자의 부족함을 이해해 주시길 부탁드린다.

책을 펴낼 수 있도록 허락해 주신 윤석현 사장님과 책을 잘 만들어주신 편집진께 감사를 표한다.

서유경

차례

현대어

정수경전

제 1 부

경상도 안동부 운학동에 일위 명환이 있으니 성은 정(鄭)이요, 이름은 운선(雲仙)이었다.

정운선은 일찍 경성에 올라와 벼슬이 병조판서에까지 이르렀다.

정운선 판서는 명석하고 강직하여 명망이 조야에 진동하였다.

다만 슬하에 일점혈육이 없어 항상 슬퍼하였다.

하루는 정 판서가 상소를 지어 임금님께 올렸다.

> 신이 슬하에 혈육이 없사옵고 또한 벼슬에 뜻이 없는 중에 천한 신의 나이가 육십이 되었습니다. 그러하오니 청하건대 이 늙은 신하가 벼슬을 그만 두고 고향에 돌아가 여년을 보내고자 하옵니다. 엎드려 비오니 성상께서 윤허하시기를 바라옵나이다.

하였거늘 임금이 말하였다.

"경의 사정이 그렇게 가긍하고, 고향에 돌아가기를 원하니 짐이 새로이 산림 벼슬을 봉하노라. 경은 고향에 돌아가 태평하게 지내라."

하시었다.

이날 판서가 하직 숙배하고 집안의 살림들을 수습하여 고향 운학동에 내려왔다.

정운선은 고향에서 구름 속에 밭 갈기와 달빛 아래 고기 낚기를 일로 삼아 세월을 보내었다.

그러던 어느 날 정운선이 부인에게 이야기하기를

"우리가 늙어 혈육이 없으니 나에게 이르러 조상 제사가 끊어지게 되었소. 그러니 무슨 면목으로 지하에 돌아가 조상님을 뵐까 근심이 되오. 옛말에 이르기를 '지성이면 감천이라.' 하니 우리도 칠성(七星)님께 자식 얻기를 빌어 보면 어떠하겠소?"

하였다.

이런 이야기를 나눈 뒤 부부가 함께 기도를 시작했다.

후원에 칠성단(七星壇)을 모으고 향촉을 배설하여 삼백 일을 작정하여 지성으로 기도하였다.

기도를 마친 뒤 어느 날 부인은 내당에 들어가고 산림은 사랑에 나와 책상에 의지하여 잠깐 졸고 있었다. 그런데 비몽사몽간에 한 선녀가 들어와 산림 상공에게 말했다.

"상공 부부가 지성으로 기도하심을 보고 옥황상제께서 감동하시어 동자를 주고 오라 하셨습니다. 동자를 데리고 왔사오니 어여삐 여겨 잘 기르시고 후사를 이으소서."

하니 상공이 동자를 받으려고 하다가 깨달으니 남가일몽(南柯一夢)이었다.

상공이 꿈에 있었던 일을 생각하니 크게 기뻤다.

내당에 들어가 부인에게 자신이 꾼 꿈 이야기를 전하며 함께 그 기쁨을 나누었다.

과연 그달부터 부인이 잉태하여 십 개월이 되었다.

부인이 침상에 의지하여 신음하고 있었는데 집안에 오색구름이 가득하며 향내가 진동하였다. 그러다가 이윽고 부인이 해산하고 정신을 진정하여 자신이 낳은 아들을 보니 옥같이 희고 고결한, 아주 뛰어난 인재가 될 남자아이였다.

부인이 즉시 상공을 청하니 상공이 들어와서 아이를 보고 크게 기뻐하였다.

"이 아이는 천지(天地) 건곤(乾坤) 일월동(日月童)이오. 금자동, 옥자동, 은자동이라."

하고 이름을 수경(壽景)이라 하였다.

수경이 점점 자라니 얼굴이 관옥 같고 재능이 뛰어나며 총명하여 당대에 호걸이라 할 만했다.

수경이 십 세가 되니 문장 실력은 이백과 두보같이, 필법은 왕희지같이 훌륭했다. 그러니 상공 부부가 날이 갈수록 수경을 더욱 사랑하여 근심을 잊고 세월을 보내고 있었다.

그런데 상공이 홀연 병을 얻으니 백약이 무효하였다.

상공이 이렇게 아프니 온 집안 일가가 황황하였다.

어느 날 상공이 정신을 진정하여 머리와 몸을 단정히 하였다. 그리고 지팡이를 짚고 후원에 갔다가 돌아와서는 수의를 입고 베개에 누웠다.

상공이 자리에 누워 부인과 사랑하는 아들을 불렀다. 상공은 부인과 아들을 어루만지며 눈물을 흘렸다.

"세상에서 도망하기 어려운 것이 사람의 목숨이라. 나는 이제 황천에 돌아가거니와 부인은 수경을 데리고 내내 무탈하게, 건강하게 사십시오."

하고 또 수경을 타이르며 앞으로의 일을 당부하였다.

"너는 모친을 모시고 조상 제사를 극진히 받들도록 하여라. 내가 너를 길러 원앙이 쌍을 지어 놀듯 네 짝을 만나 잘 사는 모습을 볼까 하였는데 이렇게 황천객이 되어 가니 어찌 눈을 감겠는가?"

하며 안타까워하였다. 그리고 부인에게 말하였다.

"부인은 아들을 잘 길러 어진 숙녀를 얻어 나의 혼백을 위로하소서."

하고 눈물을 흘리다가 비로소 명이 다하니, 온 집안이 지극한 슬픔에 빠졌다.

부인과 수경은 자주 기절하다가 겨우 정신을 차리고 초상 절차를 극진히 하고 빈소에 있었다.

그런데 하루는 난데없는 범의 무리가 상공의 빈소로 달려들었다. 침입해 들어온 범들이 서로 턱을 들어 관곽을 바라보고 서 있었다.

수경이 매우 놀라 급히 나서서 범을 달래며 말했다.

"범아, 범아. 너는 산중의 영웅이다. 내가 이제 상공의 신체를 평안히 모시고자 하니 너희도 각각 길을 인도하라."

하니 그 범이 고개를 끄덕이며 작은 범을 데리고 일시에 나누어져 나가는 것이었다.

범들이 나간 후 수경이 부친의 관을 안고 통곡하고 있었더니 마침 승려 하나가 지나다가 들어와서 배례하며 말했다.

"상중에 있는 수재는 울음을 그치소서."

하고 승려가 승상의 신체를 들어 북쪽을 등지고 정남쪽을 향하도록 놓고 사방을 둘러보더니

"산천이 화려한 곳 여기가 명승지입니다."

하는 것이었다.

승려의 말을 듣고 수경이 눈물을 거두고 물었다.

"어찌하여 그런 것입니까?"

승려가 대답하기를

"후주산(後主山)이 십이 봉이나 되고, 떨어져 나온 산맥에 정청처(正淸處)가 있으니 장군대(將軍臺) 좌향(坐向)이 분명합니다. 또한 청룡이 아홉 봉이요, 백호봉이 여덟 봉이라. 또 안대(眼對)를 보오니 마상기(馬上旗) 천승(千乘)이 역력히 화려하고 그 앞에 흐르는 대강수는 원앙 진법(陳法)으로 흐르는 듯하니 다른 말씀을 말고 택일하여 장례를 모시옵소서."

하는 것이었다.

수경이 이 말을 듣고 대답하였다.

"그러하면 택일하리라."

하니 승려가 즉시 하직하였다.

"부디 장사를 편안히 지내옵소서."

하고 두어 걸음에 간데없는 것이었다.

수경이 그제야 그 승려가 부처였다는 것을 깨달아 알았다. 수경이 공중을 향하여 무수히 사례하고 당일에 안장하여 여막을 짓고 주야로 애통하였다.

세월이 유수같이 흘러 어느덧 삼상(三喪)을 마치니, 부인이 아이 수경을 데리고 눈물로 세월을 보내었다.

이렇게 세월이 지난 어느 때 나라는 태평하고 백성은 평안하였으며, 시절이 좋아 풍년이 드니 백성이 격양가(擊壤歌)를 불렀다. 이때 마침 임금님께서 태평과를 배설하시고 팔도에 공문을 보내었다.

수경이 과거 기별을 듣고 모친께 고하였다.

"소자가 이번 과거에 참여하고자 하나이다."

하니 부인이 말리면서 말했다.

"내가 너와 더불어 수회(愁懷)를 잊고 세월을 보내는데 혹시라도 네가 어디를 가면 내가 문에 의지하여 너 돌아오기만을 기다릴 것이다. 또 너의 나이가 아직 어리니 이번 과거에는 가지 말아라. 다른 날에 또 과거가 시행될 것이니 그때 가서 시험을 보고 이번에는 가지 말라."

이렇게 모친이 만류하니 수경이 다시 고하였다.

"세상에 남자로 태어나서 위로는 충성을 다하고 아래로 백성을 다스리는 것이 신하의 도리이옵니다. 또한 사내대장부라면 부모를 세상에 드러내는 것이 떳떳한 일입니다. 그러니 제가 어찌 녹록히 세월을 허송하고 있겠습니까? 엎드려 바라건대 제가 이번 과거에 참여할 수 있도록 모친께서 허락하여 주옵소서."

하니 부인이 굳이 만류하지 못할 줄 알고 다섯 양 돈을 주며 당부하였다.

"서울과 시골은 물과 풍토가 다르니 부디 음식을 조심하여 먹어야 한다. 그리고 길을 행하거든 일찍이 숙소에 들고 해가 떠서 햇빛이 사방에 비치거든 행하도록 하여라. 내가 들으니 경성 선비는 음험하고 방탕하여 사람을 죽인다 하니 부디 건실한 집을 정하고 지내도록 해라. 그리고 빨리 돌아와 우리 모자가 서로 반기며 만날 수 있도록 하여라."

수경이 모친께 하직 인사를 올리고 과거 보러 가는 길에 올랐다.

수경이 한 곳에 다다르니 어떤 앞 못 보는 점쟁이가 점을 신통하게 잘 본다 하였다. 그래서 수경이 복채를 놓고 자신의 길흉을 물어보았다.

그 점쟁이가 산통을 내어 흔들더니 이윽히 생각하다가 말하였다.

"당신은 이번 과거 가는 길에서 죽을 액(厄)이 있으니 어찌 모면하겠는가? 당신이 만일 이 죽을 액을 면하면 과거 급제는 할 것이라."

하니 수경이 이 말을 듣고 깜짝 놀라서 물었다.

"제가 어찌하여야 저에게 다가올 액을 막겠습니까?"

점쟁이가 이윽히 생각하다가 글 한 구절을 지어주며 말했다.

"죽을 지경에 당하였을 때 이 글을 내어놓으면 액을 막으리라."

수경이 그 글을 받아서 하직하고 길에 올라 다시 가던 길을 갔다.

가다 보니 날이 저물어 숙소를 정하였다.

수경이 숙소의 사정을 살펴보니 주인은 누군가의 집 제사에 가고 없고 주인집 부인만 있었다.

식사 때가 되니 그 여인이 아름다운 태도로 저녁밥을 들고 왔다. 수경이 밥을 먹은 후에 상을 물리고 곤히 잠들었다.

그런데 수경이 잠든 사이에 어떤 남자가 주막에 들어와 그 여자를 겁탈하려 하였다.

그 여자가 놀라 뛰쳐나가려 하며 방망이로 그놈을 치면서 꾸짖었다.

"예로부터 충신은 두 임금을 섬기지 않고, 열녀는 두 남편을 두지 않는다 한다. 그러니 내가 아무리 상놈의 계집인들 개, 돼지의 행실을 하겠는가?"

하고 무수히 난타하였다.

그놈이 주인 여자가 저항하는 것에 분함을 이기지 못하여 칼을 빼어 그 여자를 죽이고 달아나 버렸다.

이때 주인이 돌아와 보니 자기 부인이 목에 칼이 꽂힌 채 죽어 있었다. 이를 본 주인은 바로 수경을 의심하였다. 그래서 방에 들어와 수경을 결박하고 꾸짖으며 말했다.

"이놈아! 과거 보러 가는 선비로서 어찌 유부녀를 강간하려 하였느냐? 그러다가 네 뜻대로 하지 않는다고 사람을 죽였느냐? 그러고서는 모르는 체하고 자는 것이냐?"

하고 주인이 관청에 이를 고하였다.

그 고을 관원이 주인의 신고를 받고 하리(下吏)를 거느리고 왔다.

관원이 검시를 한 후 수경을 문초하여 범죄사실에 대해 진술을 받으려 하였다.

수경을 꿇어앉힌 주변으로 나졸을 좌우에 갈라 세우고

"바로 아뢰어라!"

하는 소리가 진동하였다.

이런 상황이 되니 수경이 달리 변명할 길이 없었다.

그때 수경에게 앞 못 보는 점쟁이가 준 글이 생각나서 말하였다.

"전에 점을 쳐서 받은 글 한 구절이 있어 올리겠습니다."

하여 관원이 그 글을 받아보았다. 그러나 그 글의 뜻을 알 길이 없었다.

관원은 수경에게 칼을 씌워 하옥하고 나서 그 글을 가지고 내당에 들어가 부인에게 말했다.

"오늘 어떤 살인 죄인을 문초하였는데, 그가 글 하나를 올리더이다. 그런데 내가 천만 가지로 생각해 보아도 그 뜻을 알 길이 없습니다."

하며 글을 보여주었다.

부인이 그 글을 보고 말하였다.

"상공께서는 지식이 이 정도밖에 되지 못하시어 어찌 나라의 국록지신(國祿之臣)이라 하겠습니까?"

부인의 반응에 태수가 부인에게 물었다.

"이 옥사를 어찌하면 좋겠습니까?"

부인이 말하기를

"그 글의 뜻은 이일천(李日天)이란 놈이 범인이라는 것입니다. 그놈이 바로 이 근처에 있을 터이니 빨리 그놈을 잡아 조사하소서."

하였다. 태수가 부인의 말을 듣고 즉시 관아로 나와 하리를 불러 분부하였다.

"너는 주막 근처에 가서 이일천(李日天)이란 놈을 빨리 잡아

오라."

하니 하리가 명령을 받고 출동했다.

이윽고 하리가 이일천을 잡아 왔다.

태수가 크게 노하여 이일천 좌우에 나졸을 벌여 세우고 "바른 대로 아뢰라."

하였다. 그렇게 하니 그놈이 아뢰기를

"제가 보니 과연 그 여자가 아름다웠습니다. 그래서 어떻게 좀 해보고 싶어 주인이 없는 틈을 타서 들어갔습니다. 그런데 그 여자가 제가 하는 말은 듣지 않고 도리어 질책하면서 욕을 무수히 쏟아 놓았습니다. 그래서 제가 분함을 참지 못하여 이리이리하였사옵니다. 제가 죄인이오니 어서 죽여주옵소서."

하는 것이었다.

태수가 주막집에서 있었던 모든 일을 확인하고 크게 노하여 형벌을 내려 죽이도록 하였다.

그리고 태수가 수경을 청하여 술과 음식으로 위로하며 말하였다.

"세상사라는 것이 이루 다 헤아릴 수는 없는 일인지라, 그대가 하마터면 남의 횡액을 당할 뻔하였도다. 그러나 이는 잠시의 불길함일 뿐이니 과거나 착실히 보도록 하라."

하고 가던 길을 계속 갈 것을 재촉하였다.

수경이 태수에게 즉시 하직하고 길을 행하여 여러 날 만에 경성에 다다랐다.

수경은 경성에서 지낼 숙소를 정하고 과거 볼 날을 기다리고 있었다. 그런데 함께 숙소에 머물던 사람들이 경성 구경을 가자고 청하는 것이었다.

수경이 마지못하여 숙소 사람들을 따라 두루 구경하고 다녔다. 그러다가 마침 어느 다리 주변에 점치는 집이 있는 것을 보았다. 그 점치는 집을 보고 수경이 동행하던 사람에게 말하였다.

"나는 이 집을 다녀갈 것이니 그대들은 먼저 가라."

하고 수경이 그 집에 들어가 자신의 앞일에 대해 점을 치러 왔음을 알렸다.

이윽고 점집에서 일하는 남자아이가 나와서 수경에게 들어오기를 청하였다.

수경이 그 아이를 따라 점치는 사람 앞에 이르러 인사를 하고 자신의 생년과 월, 일, 시를 고하였다. 그 점쟁이는 앞을 보지 못하는 사람이었다.

그 점치는 사람이 산통을 흔들고 점을 치더니 이윽고 얼굴을 찡그리며 말했다.

"그대는 네 번 죽을 운수에서 한 번은 면하였네. 그러나 앞으로 닥칠 세 번 죽을 운수는 어찌해야 하겠는가?"

하고서는 묵묵히 침묵을 지키며 더이상 말을 하려 하지 않았다.

수경이 이 말을 듣고 안색이 흙빛으로 변하여 일어나 절하고 말했다.

"화복길흉(禍福吉凶)은 사람의 운수에 달려 있을 것입니다. 그렇지만 만일 제가 죽으면 만 리 밖에서 매일같이 기다리시는 모친은 어떻게 합니까? 제발 바라건대 점술가께서는 저의 처지를 불쌍히 여기시어 저에게 정해진 죽을 액을 막을 수 있도록 방책을 가르쳐 주옵소서."

하고서는 계속해서 울었다.

수경이 울음을 터뜨리자 점쟁이가 수경에게 말하였다.

"임의로 액을 막을 수 있다면 어찌 운수가 불길한 사람이 있겠는가? 부질없는 말 하지 말고 곧 고향에 돌아가 모친의 얼굴이나 다시 뵙도록 하여라."

하니 수경이 다시 애걸하였다.

"저는 혈혈단신 외아들로 어린 시절 일찌감치 부친을 여의고 홀어머니를 모시고 살았습니다. 그러다가 제 분수에 맞지 않게 과거에 참여하고자 하여 모친께서 말리심에도 불구하고 그것을 듣지 않고 경성에 왔습니다. 제가 죽을 운수가 세 번이나 있으나 다행히 점 잘 치는 선생님을 만났으니 이 액을 미리 막을 수 있는 방책을 가르쳐 주옵소서. 저의 목숨을 구해주시면 그것은 한 사람이 아니라 두 사람의 목숨을 구하시는 것입니다."

하니 그 점쟁이가 말했다.

"내가 액을 막을 방법을 그림으로 그려 줄 것이니 그대는 명심하고 간수하라."

하고 상자를 열어 백지 한 장을 내어놓고 누런 색깔로 대나무 하나를 그려 주며 말했다.

"앞으로 겪을 두 번의 액도 흉악하고 참혹하지만 그래도 천만요행(千萬要幸)으로 면할 수는 있을 것이다. 그러나 세 번째 닥칠 일은 더욱 흉악하고 참혹하여 감당하기가 어렵다. 결국은 죽을 지경에 이르게 될 것인데, 그때 이것을 내어놓으면 너를 구해 줄 누군가가 나타날 것이다. 그러나 이것은 진정 그야말로 귀막고 방울 흔드는 격이다."

하니 수경이 그 그림을 받아 잘 간수하면서 하직 인사를 올렸다.

"제가 선생님의 성함을 알고 싶습니다."

하니 점쟁이가 대답하였다.

"내 성명은 알아도 쓸데없으니 그대는 여러 말 말고 어서 가라."

수경이 점쟁이의 대답을 듣고는 다시 묻지 못할 줄 알고 하직하고 나왔다.

이때는 해가 서산에 떨어지고 동쪽에서 달이 동쪽에서 솟는 시각이었다.

수경은 황황히 숙소를 향해 돌아오고 있었다.

그런데 수경이 어느 다리에 이르렀을 때 건장한 무리 수십 인이 수경이 알지 못하는 사이에 달려들었다. 그들은 한편으로는 수경의 팔다리를 동여매고 한편으로는 수경의 입을 막으며 교자에 실었다. 그리고 풍우(風雨)같이 달려서는 어디에 내려놓았다.

수경이 겨우 정신을 진정하고 사면을 둘러보니 한 초당 앞이었다. 수경이 심중에 생각하기를

'괴이하고 괴이하구나. 이 일이 도대체 어찌된 일인가!'

하였다. 이렇게 수경이 놀라고 당황해하고 있을 때 그놈들이 초당을 가리키며

"이리 들어오라."

하였다.

수경이 깜짝 놀라 물었다.

"내가 이 집을 보니 재상가의 규중이라. 내가 이 댁과 친척 관계가 없는데 나를 들어오라 하는 것은 무슨 일인가?"

그런데 그놈들이 묻는 말에 대답은 하지 않고 주먹을 견주며 말했다.

"네가 죽고 사는 문제가 눈앞에 있는데 무슨 말이 그리 많으냐?"

그놈들이 이렇게 겁박하니 수경이 어찌할 수 없어 초당에 들어갔다.

수경이 들어가 보니 신방(新房) 모양으로 꾸며놓았다.

이 집의 혼례와 아무 상관이 없는 수경으로서는 왜 자신을 이런 신방에 들여다 놓았는지 그 이유를 알 수가 없었다.

그래서 우선 방 한쪽에 앉아 있었다.

그렇게 얼마 동안 기다리고 있었더니 이윽고 시녀 수십 명이 신부 하나를 옹위하여 들어왔다. 신방으로 꾸며진 방에 영문을 모르고 잡혀 와 있던 수경이 신부가 들어오는 것을 보니 더욱더 무슨 이유인지 알 수 없는 상황이었다.

그 시녀들이 다 나가고 신부가 홀로 앉아 있었다. 그러다가 신부가 아름다운 눈썹을 잠깐 들어 수재를 보며 한숨을 짓고 탄식하며 말했다.

"저런 고결한 풍채를 가진 수재가 함정에 들었으니 어찌 애달프지 아니하겠는가?"

신부의 말을 듣고 수경이 말하였다.

"옛말에 남녀유별(男女有別)이라 하니 말씀드리기 어려우나 소저께서 먼저 말씀하시니 내가 어찌 말씀드리지 않겠습니까?"

라고 하고 나서 말을 이었다.

"무슨 일로 저를 보시고는 불쌍하다 하시는 것입니까?"

수경의 질문에 소저가 대답하였다.

"제가 수재를 뵈오니 이십 세 되기 전에 공명을 누릴 상을 가지셨습니다. 왼쪽 이마 가운데가 우묵하니 십 세 전에 아버지가 돌아가셨을 것이고, 미간에 음음한 정기가 가득하니 보국 충신이 되실 기상입니다. 이런 좋은 상을 가진 분이 오늘 이렇게 죽을 곳에 드니 아깝고 불쌍하여 탄식합니다."

수경이 소저의 대답을 듣고 너무 놀라 물었다.

"내가 무슨 죄로 무주고혼(無主孤魂)이 된다 하시는지 그 곡절을 알고 싶습니다."

소저가 대답하였다.

"저희 집은 대대로 명문거족으로 저의 아버지는 지금 승상 벼슬을 하고 계십니다. 그렇지만 저의 명이 기박하여 이 한 몸 외에는 달리 의지할 형제가 없고, 부모의 혈육은 저밖에 없습니다. 부모가 저를 매우 아끼고 사랑하시어 제가 어떻게 될까 염려하셨습니다. 그래서 저의 평생 길흉을 묻곤 하였는데, 그럴 때마다 제 신수가 불길하여 젊은 시절에 남편이 죽을 것이라 하였습니다.

부모님께서 저의 그런 불길한 운수를 막을 수 있는 방도를 알아보았습니다. 부모님께 알려준 방법은 결혼하지 않은 남자를 데려다가 이렇게 혼례 치르는 형식을 갖추라 하는 것이었습니다. 오늘이 바로 저의 부모님께서 그 방도를 행하신 날입니다.

그런데 수재가 불행히 잡혀 오신 모양을 보니 저의 액막이를 하는 것이 아니라 남의 액을 쌓는 것 같습니다. 옛말에 이르기를 착한 일을 많이 한 집안에는 반드시 경사가 있을 것이요, 악한 일을 많이 한 집안에는 반드시 재앙이 있을 것이라 합니다. 앞으로 부모님께서 아무리 저를 혼인시키려고 하시어도 제가 오늘 수재와 이렇게 밤을 보내고 나면 어찌 다시 혼인할 수 있겠습니까? 충신은 두 임금을 섬기지 않고, 열녀는 두 남편을 섬기지 않는 것이기 때문입니다. 또한 이러한 악행으로 수재를 죽이고 나면 저에게 어찌 복이 내리겠습니까? 하늘이 반드시 앙화를 내리실 것입니다.

그래서 제가 부모님께 이 일을 행하지 않기를 간절히 청하였습니다. 그럼에도 부모님께서는 제 말을 듣지 아니하시고 억지로 우겨 저를 이 방에 가두셨습니다. 저도 어찌할 수 없어 자결하고자 하였으나 부모님에 대한 도리 때문에 죽지 못하였습니다. 그래서 저는 이제 종신토록 이 집 밖으로 나가지 않고 절행을 지켜 규중에서 늙어 죽으려 합니다. 바라건대 수재는 위험에서 벗어날 계략을 도모하십시오.”

하는 것이었다. 수경이 이 말을 듣고 더욱 크게 놀라서 말했다.

“오늘 이렇게 된 것에 대해 소저를 원망할 것은 아니라고 생각합니다. 이 일은 모두 다 오로지 나의 신수 불길함 때문입니다. 그러니 제가 죽는 것에 대해서는 그리 원통하지 않습니다. 그러나 지금도 만 리 밖에서 오늘인가 내일인가 하며 제가 돌아올 날을 기다릴 학발모친(鶴髮母親)을 생각하오니 가슴이 찢어집니다. 어머니께서는 아침저녁으로 문을 의지하여 저를 기다리실 것이니 그 정회를 어찌하겠습니까?

슬프고, 슬픕니다! 사람의 생사가 과연 하늘에 달렸습니다! 요순, 공맹 같은 성조(聖朝)도 죽기를 면치 못하였고 진시황, 한무제도 죽기를 면하지 못하였으며 맹분, 오획의 용맹으로도 죽기를 면하지 못하였으니 내가 어찌 죽기를 면하겠는가?

그렇지만 우리 노모(老母)는 애를 태워 죽으실 것이니 죽은 자식인들 어찌 눈을 감겠는가?

이 모든 사정에도 불구하고 소저께서는 무사하셔야 합니다. 소저께서 나와 함께 있는 것은 불가하니 문밖에 나가 밤을 지내시고 누명을 쓰지 마십시오. 단 하나 부탁하오니, 나 죽은 후에 우리 모친께 기별이나 부디 부디 전하여 주옵소서."

수경이 이렇게 말을 하니 소저가 눈물을 흘리며 말했다.

"저의 마음으로 말할 것 같으면, 제가 수재보다 먼저 죽어 이 모든 상황에서 벗어나고 싶습니다. 그러나 지금 이 일의 형세가 어떻게 처리하기가 어렵사오니 원하건대 수재는 살아 나가실 계교를 생각하십시오."

하니 수경이 말했다.

"장원은 첩첩하고 중문은 깊고 깊은 곳에 지키는 사람이 있을 듯하니 어찌 달아나기를 바라겠습니까? 오늘은 내가 죽는 날이니 벽 위에 표를 남기고 죽고 싶습니다."

하고 종이와 붓을 청하여 영결시(永訣詩)를 지어 붙이는데 두 눈에서 옥같은 눈물이 흐르고 흘러 옷깃을 적셨다. 그 글은 이러했다.

가련하고 슬프도다!

이팔청춘 소년 정수경이 황천객이 되다니

이 무슨 일인고?

하느님께서 인간을 만드신 이후로

이런 팔자 또 있는가?

삼춘화류(三春花柳) 좋은 시절 소년들아!

이 내 한 몸 살려내소.

인간 칠십이라는데 십육 세 겨우 되어

죽는 말이 웬 말인고?

불쌍하고 가련하다.

이 내 신세 생각하니

초당 삼경 침침야(沈沈夜)에

나 죽는 줄 그 누가 알리?

엄동설한(嚴冬雪寒) 지는 꽃이

삼월 춘풍 당하여서 방울방울 부리에 맺혀

춘풍 호랑나비 만나더니

난데없는 불이 붙어

꽃봉오리부터 타는 이 내 몸도

출생 후에 이팔청춘 되었으니

시서 논맹 읽어내어

입신양명 하자 했더니

조물이 시기하여

함정에 든단 말인가?

밥이 없어 죽을쏜가?

옷이 없어 죽을쏜가?

죄가 있어 죽을쏘냐?

병이 들어 죽을쏘냐?

밥도 있고 옷도 있고

죄도 없고 병도 없고

어이하여 이 내 몸이 경각 내로 죽는고?

나를 죽여 네가 사니

둘이 살면 어떠한고?

저기 가는 저 마부야!

그 말 잠깐 빌리자꾸나.

이 내 혼백 실어다가

우리 모친 앞에 놓으면

슬피 울고 잠깐 뵙고

시왕전께 가겠노라.

동녘 산은 울울하고 한강수는 충충하다.

산은 울울하고 물은 충충.

가는 길이 험하도다.

바람 불고 비 오는 밤에

이 혼백이 어이 갈꼬?

우리 모친 혼자 앉아 생각하는 거동 보소.

보고 지고, 보고 지고.

우리 아들 보고 지고.

잘 갔느냐, 못 갔느냐? 소식조차 끊겼구나.

늙은 어미 혼자 두고

어찌 이리 오래 아니 오는 거냐?

오늘 올까, 내일 올까?

높은 산성 올라가서 한양이 어디인고?

구름도 희미하다.

오는 행인, 가는 행인 바라본다.

일락서산 황혼 되니

한숨짓고 돌아와서

저녁이면 등화 보고 새벽이면 까치 운다.

달 밝고 서리 찬 밤에 외기러기 울고 가니

한걸음에 내달아서 사창 밖에 올라서서

울고 가는 저 기러기야!

우리 아들 소식 전할쏘냐?

잘 가더냐, 못 가더냐?

어느 때에 온다더냐?

저 기러기 무정하여 다만 울고

거의 중천 높이 떠서 창망한 구름 속에
우는 소리뿐이로다.
믿던 말이 허사 되어 눈물 씻고 돌아오네.
우리 모자 이별할 제 우리 모친
문에 기대 기다림이 몇 번인고?
이렇듯 생각이 간절하니
잠시 이별 이러한데 죽어 이별 어떠할꼬?
천금을 대신하며 만금을 대행하랴?
모친 그리움을 생각하니 망극하다.
이 내 한 몸 죽으면 우리 모친 어느 누가 봉양하며
내 상황 모르시고 간장을 사리신들 뉘라서 전해주리.
나의 일을 생각하니
부정모혈(父精母血) 타고나서
입신양명(入身揚名)하여 부모님 뵙는 것은 못하고
도리어 죽어 고통 끼치오니
이 막대한 불효를 어디다 비할쏘냐?

수경이 쓰기를 다하니 쓰던 붓을 은연중 던졌다. 징수경의 두
눈에서 눈물이 흘러 옷깃을 적셨다.

낭자가 그 글을 한번 보니 가슴이 막혀 낭자 또한 울며 흐느끼
기를 그치지 않았다.

이 두 사람의 모습은 차마 눈 뜨고 볼 수 없는 지경이었다.

수경과 소저 두 사람이 서로 이별하지 못하고 다만 서로 몸 건강하게 잘 지키라는 이야기만 하였다. 그렇게 그렁저렁 밤이 다 지나고 나니 멀리 떨어진 마을에서 우는 닭 울음소리가 은은히 들렸다.

새벽이 되니 소저가 옥함을 열고 은자(銀子) 석 되를 내어 주며 말했다.

"세상의 모든 일에 다 재물이 있으면 좋은 도리가 생기기 마련입니다. 그러니 수재께서는 이 은자를 가지고 가십시오."

하니 수경이 눈물을 거두고 말했다.

"이제 바로 죽을 사람이 재물을 가진들 무엇에 쓰겠습니까?"

소저가 수경에게 권하며 말했다.

"아무리 죽을지라도 재물을 쓸 데가 있을 것입니다. 옛말에 이르기를 '길가에서 죽은 사람이라도 그 몸에 재물이 있으면 묻어 주고 가는 일이 있다.' 하였습니다. 그러니 이 재물을 가져가시길 원합니다."

하는 것이었다. 수경이 다시 소저에게 대답했다.

"지금 죽는 사람이 돈 쓸 곳이 없을 것이니 구태여 권하지 마십시오."

하며 소저가 주는 은자를 받으려 하지 않았다.

소저가 수경이 이렇게 거절하니 어쩔 도리가 없어 비단 보자기를 꺼내어 은자를 싸서 수경의 허리에 둘러매어 주었다. 그리고는 수경을 재삼 다시 보고 은근한 정을 이기지 못하여 목이 메어 울었다.

소저가 울며 말했다.

"수재가 저와 더불어 동침한 적은 없습니다. 그러나 혹시 하늘이 도우셔서 군자가 다시 살아나서 훗날 저와 다시 상봉하면 오늘의 일을 옛말로 삼고 종신토록 섬길 것입니다. 그렇지만 만일 수재가 돌아가시면 저는 결단코 규중에서 늙을 것이니 황천에 가서 저를 만날지라도 괄시하지 마옵소서."

소저가 이렇게 말을 하니 수경이 어찌 즐겨 대답하겠는가?

수경은 다만 모친만 생각하고 하늘을 부르짖어 통곡하였다. 지금도 수경이 돌아오기만 기다리고 있을 홀어머니를 생각하니 눈물밖에 나지 않았다.

그런데 문득 문밖에서 여러 사람의 소리가 나며 소저에게 나오라고 독촉을 하였다.

소저가 밖에서 독촉하는 소리에 어쩔 수 없이 나가면서 재삼 돌아보며 마지못해 나갔다.

소저가 나간 지 오래지 않아 종놈 수십 인이 들어와서 나오라 하였다.

수경이 억지로 끌려 나오듯 마지못해 문밖으로 나아오니 그놈들이 수경에게 달려들었다. 그놈들은 수경을 한편으로 동여매고 한편으로는 입을 막고 교자에 앉혔다. 그리고 풍우같이 몰아 치듯 달려서는 충암절벽 위에서 멈추고 수경을 앉혔다.

수경이 이윽고 정신을 겨우 진정하여 사면을 둘러보니 천리 만리 펼쳐진 길고 긴 강이 앉은 자리 가까이에 붙어 있었다. 새 벽달 서리 찬 밤에 기러기는 짝을 불러 슬피 울고, 저 멀리 마을 에서 닭이 소리 마디마디를 꺾어 우니 죽을 지경에 당하지 아니 한 사람이라도 온갖 수회가 새록새록 새롭게 생길만 하였다.

그놈들은 수경을 동여맨 채로 천길 물속에다 굴리려 하였다. 그런데 바로 그 때 늙은 종이 여러 사람에게 말했다.

"지금 이 아이가 무슨 죄가 있다고 두 팔과 두 다리를 동여매어 물에 빠뜨리겠는가? 그 맨 것이라도 끌러서 넣는 것이 옳도다."

하니 그 종놈들이

"어르신의 말이 옳도다."

하며 수경을 맨 것을 풀어주었다.

그런데 그 중 몇 명이 말하였다.

"우리는 남문 밖에 있는 김 부자 집에 볼 일이 있어 그리로 먼저 가겠습니다. 어르신은 여기 두 사람과 함께 저 아이를 빨리 물에 넣고 오십시오. 우리는 그곳에 가서 기다리겠습니다."

하고 그곳을 떠났다. 그들이 다 가고 세 사람이 남아서 수경을 물에 넣으려 하였다. 그때 수경에게 문득 생각이 났다.

'아까 소저가 나에게 주었던 은자를 내가 물에 들어가서 쓰겠

는가? 지금 이들에게 주고 가는 것이 낫겠다.'

하고 은자를 꺼내어 세 사람에게 주며 말했다.

"원하건대 그대들이 죽는 사람의 재물이라고 더럽다 하지 마시고 이것을 가져다가 술값이나 하시오."

하니 세 사람이 은자를 받아 나누어 가졌다. 그리고 다시 수경을 물에 넣으려 하는데, 이때 늙은 종이 다른 두 사람에게 말했다.

"이 아이가 아무 죄가 없다는 것은 우리 모두 다 알고 있다. 무슨 이유로 이렇게 애를 써서 무죄한 사람을 죽이겠는가? 아무리 상전이 시킨 일이라고 해도 이 사람을 죽일 것인지 살릴 것인지는 우리 세 사람에게 달려 있다. 하물며 우리 세 사람은 저 수재의 재물을 받았다. 그러니 우리가 저 수재를 살리는 것이 어떻겠는가? 수재를 살리고 그것을 우리 입 밖에 내지만 않으면 천지신명(天地神明)과 우리 세 사람 외에 또 누가 알 사람이 있겠는가?"

하니 두 사람이 묵묵부답(默默不答)하다가 입을 열었다.

"어르신의 말씀이 이러하시니 우리 두 사람이 어찌 달리 하겠습니까?"

하며 수경을 불러 말했다.

"수재는 지체하지 말고 바로 고향으로 돌아가십시오."

하니 수경이 말했다.

"나는 이미 죽은 사람이라. 그대들이 나를 이렇게 놓아주어 내가 도망하게 되면 나로 인해 그대들이 상전의 명령을 어겼다 하여 중죄를 당할까 두렵다. 또 내가 그대들에게 은자를 준 것은 내 생명을 구하기 위한 것이 아니라 나에게 쓸데없는 것이기에 준 것이다. 그러니 그것은 염려 말고 나를 빨리 죽여 그대들에게 닥칠 후환을 막으라."

하니 늙은 종이 이 말을 듣고 탄식하여 말했다.

"이 아이는 진실로 대인군자(大人君子)로다. 자기가 죽을 상황인데 자기 살기를 원하지 아니하고 남을 위하여 죽고자 하니 장차 귀히 될 기상이라. 우리가 이 아이를 죽이면 이곳에서 발을 옮기지 못하리니 결단코 죽이지 못하리라."

하니 수경이 스스로 물에 뛰어 들려고 하였다. 그러니 늙은 종이 수경을 급히 붙들고 말했다.

"수재는 이렇게 물에 빠지려 하지 말고 돌아가라."

하고 권하였다. 수경이 그제야 세 사람에게 백배사례하고 달아났다. 수경이 도망하는 모습을 보니 어린 듯 취한 듯 꿈인 듯 그물 벗어난 생선같이 전지도지(顚之倒之) 달아났다.

수경이 달아나다가 문득 돌아보니 동대문 밖이었다. 이대로 몸을 돌이켜 집으로 돌아갈까 하는 생각도 들었다. 그러다가 혼잣말로

"내가 이미 위기를 당하였고 또 그물을 벗어났으니 성중에 들어가 왕래한들 나를 어느 누가 본다 한들 어찌 알아 분별하겠는

가? 또 천리 먼 길을 과거 보러 왔는데 정작 과거를 보지도 못하고서 어찌 돌아가겠는가?"

하였다. 그리고 다시 경성 안으로 들어와 자신이 묵었던 숙소를 찾아갔다.

수경이 숙소에 가니 동행했던 사람들이 놀라 말했다.

"어디서 자고 이제야 오는가?"

수경이 대답했다.

"어제 다니다 보니 날이 저물어서 그 집에서 자고 오는 길이오."

동행이 또 묻기를

"네가 문복하니 신수 길흉과 과거 시험 당락이 어떠하다 하던가?"

수경이 답하기를

"과거급제는 못 할 것이라 하면서 먼 길에 액운이 많아 위태로운 일을 당할 것이라 했소. 그러니 과거를 보지 말고 길을 돌이켜 다시 집으로 돌아가라 하였으나 대장부가 그런 요사한 말을 믿어서야 되겠는가? 과거 보기 위해 천릿길을 마다하지 않고 올라왔는데 어찌 과거를 보지도 않고 집에 돌아가겠는가?"

수경의 재주와 문필이 동행한 여러 사람들 중에서도 뛰어나니 자신을 시기할까봐 두려워 이와 같이 대답하였는데 동행들이 과연 속으로는 기뻐하고 겉으로는 거짓으로 놀라는 체하였다.

이럭저럭 시간이 흘러 과거시험 보는 날이 되었다.

수경이 과거 시험에 필요한 도구를 수습하여 홀로 과거 시험

장에 들어가 글제를 기다렸다. 드디어 이윽고 글제가 걸렸는데 이러했다.

요조숙녀(窈窕淑女)는 군자호구(君子好逑)라.

수경이 한번 보고 용연에 먹을 갈아 황모필(黃毛筆)을 흠뻑 묻혀 시지를 펼쳐 놓고 일필휘지(一筆揮之)하여 가장 먼저 제출하였다. 수경의 글은 더할 나위 없이 잘 되어 흠잡을 곳이 없었다.

임금님께서 글을 보시고 크게 기뻐하시며 말씀하셨다.

"이 글에 담긴 뜻이 매우 아름다워 도량이 크고 넓은 바다 같구나. 필법은 주옥같아 용이 날아오르는 듯 힘찬 기운이 느껴지고 활력이 있다. 이런 문필은 더 이상 훌륭할 수가 없겠다. 옛적의 이백, 두보, 왕희지, 조맹부가 다시 살아온다 해도 여기서 더 낫겠는가?"

하시며 무수히 칭찬하셨다.

임금께서 친히 옥수로 붉은 먹을 묻힌 붓을 들어 글자 글자마다 둥근 점을 찍으시고, 구절구절마다 동그라미를 쳐서 글의 잘된 부분을 표시하셨다. 그리고 그 글을 장원으로 뽑으시고 즉시 봉해진 부분을 떼어 보셨다.

글을 작성한 사람은 경상도 안동부 운학동에 거하는 정수경이라 되어 있었다. 정수경의 나이는 십육 세요, 부친은 병조판서운선이라 적힌 것을 보시고 임금님께서 즉시 흠천관에게 호명하도록 하였다.

이때 수경이 과거 시험 후 두루 구경하다가 호명하는 소리를 듣고 심중에 크게 기뻐하였다. 수경이 의관을 정제하고 임금님 앞에 들어가 사은숙배하였다. 임금님이 수경의 용모를 살펴보시니 영웅호걸의 기상이고, 귀인 군자의 태도를 갖고 있었다. 임금님께서 수경에게

"진실로 요즘 사람들 중에 견줄 만한 사람이 없는 인재이다."

라고 하시며 칭찬하시기를 마지아니하셨다. 무수히 불러 만나시며 옥수로 수경의 손을 잡으시고 홍패(紅牌)와 어화(御花)를 주셨다. 아울러 어주(御酒)를 상으로 내리시며 즉시 한림학사를 제수하셨다.

수경이 천은(天恩)을 축사하고 자신의 이름을 과거시험에 합격한 사람의 이름을 게시하는 방에 붙이고 돌아왔다. 그 모습을 보니 수경이 머리에 어화(御花)를 꽂고 왼손에 홍패를 들고 오른손에 홀기(笏記)를 잡았으며, 전후에 풍악을 울리고, 좌우에 무동(舞童)이 춤을 추었다. 비룡 같은 준수한 말에 순금 안장을 지어 높이 타고 장안대로 상에 나오니 이때는 춘삼월 좋은 시절이었다. 봄꽃은 활짝 피고 푸른 숲이 곳곳에 있었다. 이런 좋은 날 좋은 경치 속에 수경의 장원급제 행차가 자랑스럽게 지나갔다. 푸른 나무 우거진 장안과 푸른 구름 지나가는 낙교(洛橋)에

뚜렷이 왕래하니 장안 만민이 모두 보고 칭찬하지 않는 사람이 없었다.

문득 동편에서 신임 장원급제한 사람을 부르는 소리가 나서 나아가 현알하니 이는 좌의정 이공이었다.

무수히 보고 불러서 이야기를 나누며 정수경의 인물됨을 높이 평가하게 된 이공이 말했다.

"한림께 청할 말이 있는데, 들어 주시겠는가?"

이공의 물음에 한림이 대답하였다.

"대감이 소생에게 무엇을 청하려고 하십니까?"

이공이 말하기를

"이 늙은이의 팔자가 기박하여 한낱 자식이라고는 다만 딸자식 하나를 두었소. 그 딸이 비록 임사의 덕과 장강의 미색은 없다 할지 모르겠으나 족히 군자를 받들 부인의 자질은 있음직하여 좋은 사위를 얻기 위해 널리 알아보는 중이었다오. 아직까지도 혼사를 맺을 집안을 정하지 못하였는데 오늘 다행히 한림을 만나니 이것은 우연하지 않은 일이라. 모름지기 이 늙은이와 함께 장인과 사위로 인연을 맺는 것이 어떠하겠는가?"

하였다.

한림이 대답하기를

"소생은 궁벽한 지방의 하찮은 집안 출신입니다. 그러니 어찌 대감의 말씀을 따르겠습니까?"

하니 이공이 말했다.

"영웅호걸이 초야 같은 궁벽한 시골에서 일어나는 것이니 한림은 사양하지 말라."

하니 한림이 사례하여 말했다.

"대감이 소생의 미천함을 허물하지 아니하시고 천금 같이 귀한 따님을 저의 부인으로 허락하고자 하시니 감사할 따름입니다. 대감의 크신 뜻을 어기지 못하오나 먼저 저의 모친께 말씀드리고자 합니다. 저의 신수가 기박하여 어려서 부친을 여의고 홀로 남으신 노모를 모시고 살았기에 제 임의로 허락하지 못하옵니다. 그러니 노모를 뵙고 말씀 드린 후 결혼하고자 하나이다."

이공이 말했다.

"혼인은 사람이 살아가며 치르는 큰 일 중의 하나이니 이삼일 만에 성례하지는 못할 것이다. 그 사이에 자연스럽게 한림의 모친께 서신을 드려 아시게 하리니 한림은 여러 말 말고 나와 함께 가서 오늘부터 함께 살면서 함께 자고 먹으며 혼례를 올리기 전에 한 가족처럼 지내는 것이 좋으리라."

하며 한림을 앞세우고 자신의 집으로 가려하였다.

이때 또 서편으로부터 새로이 장원급제한 사람을 부르는 전갈이 왔다.

한림이 나아가 현알하니 이는 우의정 김공필(金公弼)이었다. 김공이 한림을 여러 번 불러 이야기하며 여러 번 보기를 반복하며 칭찬하기를 끊이지 아니하였다. 그리고 김공 또한 한림에게 사위가 되기를 청하는 것이었다.

김공의 청을 받고 한림이 미처 대답하지 못하고 있었다.

이때 이공이 끼어들며 말하였다.

"정 한림은 저와 먼저 언약을 정하였으니 김공은 그렇게 아십시오."

하니 김공이 말했다.

"아무리 언약의 선후가 있다 하나 이공은 저보다 순서가 뒤일 수밖에 없나이다. 저는 사고무친(四顧無親)하여 양자라도 삼을 곳이 없고 다만 딸자식 하나뿐입니다. 그래서 저는 제 딸의 짝이라도 잘 얻어 살아생전에 저의 사후(死後)를 의탁하고자 하는 것입니다. 형도 비록 아들이 없사오나 친척이 많아 양자라도 삼을 수 있으시니 저보다 사정이 나으십니다. 그러니 깊이 생각하시어 정 한림을 저의 사위로 허락해 주십시오."

하니 이공이 대답하였다.

"김공은 여러 말씀하지 마십시오. 아무리 사정이 그렇다 해도 결단코 정 한림은 김공께 허락할 수 없겠습니다."

하였다. 이렇게 김공과 이공이 서로 다투다가 결국 이공이 임금님께 나아가 원정(冤情)을 올렸다. 그리고 임금님의 처분을 기다렸다. 그러자 김공이 또 임금님께 나아가 이 일의 옳고 그름을 자세히 아뢰었다.

"신은 사고무친인지라 주변에 양자라도 들일 친척이 없습니다. 저에게 단지 딸자식 하나만 있어서 그 짝을 얻어 저의 생사를 의탁하고자 하는 것입니다. 제발 엎드려 원하오니 폐하께서는 신의 고독함을 불쌍히 여기시어 정 한림을 신에게로 허락하시기를 천만 바라옵나이다."

하니 임금이 그 처지를 측은히 여기어 이공에게 말씀하셨다.

"이공이 한림에게 먼저 사위 허락을 받긴 하였으나 김공의 처지가 이렇게 가긍하니, 정 한림을 김공에게 허락하는 것이 좋겠다. 이공은 이것을 서운하게 생각하지 말고 다른 사위를 구하도록 하라."

임금님이 이렇게 명하시고 즉시 관상감에게 이르시어 택일하도록 하시니 정 한림의 혼례일이 춘삼월 십팔일로 정해졌다. 임금이 직접 김공의 딸과 정 한림을 혼인 시키시고 호조에게 명하시어 혼인 기구를 준비하도록 했다. 정 한림은 부모가 없으니 임금이 몸소 이 혼사를 주장하겠다 하시고 혼구를 마련하도록 하신 것이었다.

이를 알고 정 한림이 임금에게 아뢰었다.

"신이 시골의 미친한 출신으로 외람되게 나라의 은혜를 입어 입신양명하여 이름을 과거급제자 명부에 기록하고 한림 벼슬을 제수 받으니 황공 감사하옵니다. 나라와 임금님의 이렇게 큰 은혜를 만분의 일이라도 갚을 길이 없는 중에 또 이렇듯 혼인을 정하시어 아내를 얻게 하시니 더욱 그 하늘같은 은혜가 망극하옵니다. 그 은혜가 얼마나 큰지 붓 하나로 기록하지 못 할 정도입니다. 그러나 사람이 세상을 살아가면서 임금과 부모 섬기는 것은 모두 다 하나입니다. 신이 아비를 어려서 잃었고 늙으신 모친만 있는데, 자식으로서 처한 사정으로 보면 어머니는 아비와 같습니다. 그러니 혼인과 같은 인륜대사를 지내는데 어찌 부모님께 고하지 않고 하겠습니까? 엎드려 원하건대 폐하께서 혼인을 물리시고 수개월 말미를 주시오면 고향에 돌아가 노모를 뵈옵고 올라와 혼인하도록 하겠습니다."

정수경이 이렇게 간곡히 말씀드리니 임금이 말하였다.

"정 한림의 뜻이 가상하나 이미 정한 혼사를 어찌 그렇게 물리겠는가? 임금과 신하의 관계는 아비와 자식과 같으니 과인이 혼인을 주선한들 관계있겠는가? 그러하나 정 한림의 사정이 이와 같으니 자식으로서는 당연한 것이다. 과인이 정 한림의 모친에게 글을 한 장 써 그대의 혼인을 권유하려 하니 염려 말라."

하시고 즉시 한림의 모친에게 명을 내리셨다.

경은 심덕(心德)이 갸륵하기로 착한 아들을 낳아 어질게 교훈하여 국가의 주석지신(柱石之臣)이 되게 하니 어찌 아름답지 아니하리오. 경에게는 정부인 직첩을 내려 훌륭한 아들을 두었음을 표하노라.

그런데 한마디 말로 청할 것이 있으니, 그것은 경

의 아들에게는 한림학사를 제수하고 우의정 김공의 사위로 정하는 것이다. 경은 이 모든 것을 알아 과인으로 하여금 김공에게 신뢰를 잃는 임금이 되지 않게 하라.

사신이 임금의 명을 받아 이 글을 들고 바로 그날 출발하였다.

현대어

정수경전

제 2 부

이때 송 부인이 천금같이 귀한 아들을 경성에 보내고 주야로 마음을 놓지 못하고 걱정하며, 아들이 과거 급제하여 돌아오기를 간절히 기다리고 있었다. 경성에서 사신이 임금의 글을 전하니 부인이 임금의 명을 받은 후에 북향 사배하여 임금의 은덕을 축사하고 글을 받들어 보았다. 그 글을 보니 글의 뜻에 담긴 임금의 극진하심에 감격하여 그 마음을 이기지 못하고 황공하고 송구스러워하였다.

송 부인이 사관을 대접하고 다음 날에 돌려보낸 후, 그때부터는 수경이 돌아올 것을 새로이 기다렸다.

마침내 수경의 혼례일이 되었다.

정수경이 혼인 예복을 갖추어 입고 은으로 장식한 안장을 얹은 백마를 탔다. 그 행렬을 보니 종들을 앞세운 후에 좌우로 옹위하였고, 각 관아의 시비를 풀어 세웠다. 관아 서리 삼십 명과 병조 서리 이십 명과 호조 서리 삼십 명이 전후에서 시중을 들고 삼영문(三營門) 순령수(巡令手)가 좌우로 서서 앞을 인도하니 그 위의가 측량할 수 없이 대단했다.

이렇게 웅장한 행렬로 신부의 집에 이르러 신랑이 말에서 내렸다.

신랑 정 한림이 혼례식을 올릴 전안청에 나아가 큰 기러기와 작은 기러기를 전하고 신부와 더불어 교배를 마쳤다. 김공 부부와 혼례에 온 내외 빈객이 신랑의 얼굴이 훤하니 잘생긴 것을 보고 그 아름다움에 감탄하기를 그치지 아니하였다.

혼례식을 하며 종일 기뻐하며 잔치하는 것이 끝나니 혼례식에 온 여러 손님들이 각기 흩어져 자신의 집으로 돌아갔다.

해는 서산에 떨어지고 채색한 누각에 차린 신방은 붉은 등을 휘황하게 밝히고 있었다. 이때 한림이 신방에 나아가니 여러 명의 시녀들이 신부를 인도하여 신랑 신부의 방에 들어왔다. 한림이 눈을 들어 신부가 들어오는 모습을 살펴보니, 신부는 준수한 골격이 빼어나고 눈처럼 흰 피부에 꽃처럼 아름다운 얼굴을 가진 미인으로 짐짓 천하절색이라 할 만했다.

이윽고 밤이 깊으니 한림이 황금 선을 넣어 만든 고급스러운 옷을 벗으며 신랑 신부의 방에 켜져 있던 붉은 등을 끄고 신부를 이끌어 침소에 나아가 취침하였다.

이때 정 한림이 늙으신 홀어머니를 하직하고 경성에 올라올 때 드린 말씀과 그 사이에 자기가 겪은 일들, 그리고 과거 급제 후 혼인에 이르기까지 있었던 일을 노모에게 일일이 고하지 못하고 자신이 갖게 된 영화로움을 나누지 못한 등등의 일을 생각하고 그 안타까움이 북받쳐 오르니 어떻게 잠이 오겠는가? 자연히 심신이 산란하여져 한림이 잠을 이룰 수가 없었다.

정수경이 신혼 첫날밤에 지난날의 정회를 이기지 못하고 전전반측(輾轉反側)하고 있을 때에 홀연 창밖에서 인기척이 느껴졌다. 무슨 소리가 들리며 누군가 들어오려는 낌새에 깜짝 놀란 정 한림이 몸을 가만히 움직여 창틈으로 열어 보았다. 그랬더니 어떤 흉악한 놈이 방안으로 들어오려 하고 있었다.

그놈은 키가 구 척은 되는 듯 커 보였다. 그리고 그놈이 손에 장창을 들고 몸을 날려 방안을 향하여 들어오려 하고 있었다. 이를 본 정 한림이 깜짝 놀라 얼굴빛이 하얗게 되었다. 위험을 느낀 한림은 급히 몸을 일으켜 병풍 뒤로 숨었다.

정 한림이 병풍 뒤에서 정신을 가다듬어 한밤의 침입자를 방비하려 할 때에 그놈이 완연히 방문을 열고 돌입하였다. 방안에 뛰어 들 듯 돌진하듯 들어온 그놈은 불문곡직(不問曲直)하고 신부의 머리를 베고서는 나가버렸다. 한림이 이러한 장면을 보고 너무나 놀라고 두려워 얼굴이 사색이 되어 정신을 잃을 지경이었다. 얼마나 놀라고 마음이 상했는지 한림은 병풍 뒤에 쓰러져 기절하여 정신을 차리지 못하였다.

그렇게 어느덧 동방이 밝았다. 해가 뜬 지 한참이 되고 시간이 꽤 늦었는데도 신랑, 신부의 움직임이 없으니 집안의 시종들이 매우 괴이하고 이상하다는 생각이 들었다. 그래서 시녀들이 문틈으로 신랑, 신부의 방을 들여다보았다.

방안의 상태를 본 시녀들이 깜짝 놀랐다. 신부의 머리는 방바닥에 떨어져 구르고 있었고, 피가 흘러 방안에 가득하였다. 신랑은 어디 있는지 살펴보니 병풍 뒤에 숨어있는데 기절해 있는 상황이었다. 시녀가 이 광경을 보고 깜짝 놀라 하얗게 질려 급히 대청에 나아가 이 변고를 알렸다.

온 집안의 사람들, 윗사람, 아랫사람 할 것 없이 모든 사람들이 놀라고 당황하여 어찌할 바를 몰랐다. 전체 집안이 일시에 크게 놀라 통곡이 그치지 않았다.

이런 상황이 되니 김공이 종들에게 호령하여 신방에 들어가 신랑을 결박하여 끌어내도록 하였다. 종들이 주인의 명령을 받고 기절해 있던 정 한림을 붙잡아 결박하였다.

종들에게 끌려나오며 겨우 정신을 차린 정 한림이 지난밤에 실제로 있었던 일을 설명하며 사정을 진실 되게 변명하려 하였다. 그러나 정 한림이 무엇이라 말을 해도 그 말의 진실성을 증언할 사람이 없으니 아무도 믿을 수가 없었다. 사정이 이러하니 정 한림이 어찌 무사할 것을 바라겠는가? 정 한림은 놀라움과 두려움이 동시에 몰려와서 모골이 송연해졌다.

정 한림은 어떻게 해야 할 줄을 모르고 오직 하늘을 우러러 탄식할 뿐이었다.

"내 팔자가 사납고 신수가 불길하여 홀어머니를 하직하고 천리 먼 길을 떠나 타향에 올라왔으나 죽을 지경을 당하였다. 그래도 천행으로 죽음을 면하여 앞으로는 무사하기를 바랐는데 또 이런 애매한 곤경을 당하니, 이럴 줄을 어찌 짐작하였겠는가? 차라리 진흙에 묻혀 모친이나 봉양하고 남은 생을 초목과 같이 살며 늙었다면 이런 변을 당치 않을 것을⋯⋯. 이제 이러한 변고를 만나 애매히 죽게 되니 어찌 애달프고 원통하지 아니하겠는가?"

하고 눈물을 그치지 아니하였다.

이때 김공이 자신의 딸아이가 칼에 베어 죽은 것을 보니 참혹함을 이길 수가 없었다. 뿐만 아니라 딸을 죽인 사람이 한림이라고 의심하였다. 김공이 분노하여 말했다.

"내가 일찍이 수경을 뛰어난 인재로 알아 좋은 사윗감이라 생각했다. 그래서 사위를 삼았더니 저가 무슨 이유로 나의 만금같이 귀한 자식을 이렇게 살해하였는가? 이 혼사는 나라에서 주선하고 진행된 일이라. 그러니 어찌 사사로이 함부로 처리하겠는가? 마땅히 임금님께 주달하여 원통하고 억울한 사연을 설원하고 말리라."

하고 바로 궐내로 들어가 임금님 앞에 엎드려 지난밤에 있었던 일의 전후사연을 세세히 아뢰었다. 김공이 임금 앞에서 눈물을 금치 못하니 임금이 김공의 말을 처음부터 끝까지 다 들으시고 놀라움을 금치 못하셨다. 또한 크게 노하시어 말씀하셨다.

"사람의 선악을 알지 못한다 하나 수경이 저런 행위를 할지 어찌 예측하였겠는가?"

하시고 다른 한편으로 김공의 처지를 불쌍히 여기셨다. 그리고 다음과 같은 명을 내리셨다.

즉시 수경을 금부로 잡아와 앉히고 엄한 형벌로 그
죄를 따져 물어 명백히 밝히라.

이러한 왕의 명령이 내려지니 육조의 판서들, 참판들 등이 관
아에 나아가 심문을 하게 되었다. 이때 수경이 나졸에게 잡혀
금부에 끌려 나오니 하늘을 우러러 탄식하고 지난밤에 있었던
일을 세세히 있는 그대로 고하였다.

심문에 참여한 관료들이 엄한 형벌로 죄를 따져 물었으나 판
결을 내리지 못하고 말했다.

"이 사건과 관련하여 죄인의 진술을 받았으나 그 범죄 내용의
진실을 능히 분간하지 못할 일이로다."

이에 계속 옥에 가두어 엄하게 지키게 하였으나 적절한 결단
을 내리지 못하였다.

일이 이러한 지경이 되니 한림이 옥에 갇힌 지 무려 칠 개월이
나 흘렀으나 해결이 되지 않았다. 시간이 이렇게 흐르도록 한림
이 옥에서 고초를 겪으니 그 고통은 비할 데가 없었다. 이를 보
는 사람들도 저마다 불쌍히 여겼다.

이때 김공이 주야로 분통을 터뜨리며 그 원통함을 이기지 못
하여 슬피 통곡하기를 계속하다가 드디어 조회에 불참하고 임금
님이 처치하시어 보복하기를 기다렸다. 한편 임금은 수경에 대

한 생각으로 분노가 점점 더 커졌다. 그러다가 하루는 조정의 관료들에게 명령을 내리셨다.

금일 관아에서 정수경을 심문하여 만일 다른 말이 있거든 사실대로 아뢰고, 만일 진술이 전과 같으면 곧 잡아내어 베어버리라.

왕의 명령이 이러하니 관원이 이를 받들어 즉시 심문하는 자리를 열었다.

죄인을 잡아 올려 전후 사연을 이르고 형구를 갖추어 심문 준비를 하였다. 수십 명 나졸을 전후좌우로 벌여 세우고 집장사령이 명령을 받들어 대기했다.

이때 호령이 추상같이 내려 엄한 형벌로 수경을 국문하니 엄숙함이 눈서리같고 재촉이 성화같았다. 수경을 국문하는데 얼마나 냉정하고 까다로운지 유혈이 낭자하였다.

불쌍하고 가련하다! 오늘은 속절없이 정수경이 애석하게 죽게 되었으니 무슨 묘책으로 살기를 바라겠는가? 옥 같은 정강이에 솟는 것이 붉은 피라. 보는 사람이 능히 바로 보지 못할 정도이니 일월이 빛을 잃고 산천초목이 슬퍼하는 것 같았다.

한림이 이렇게 불측한 형벌을 당하니 분함을 이기지 못하여 속절없이 죽기를 원하였다. 그런데 문득 생각나는 것이 있었다. 그것은 바로 예전에 앞 못 보는 점쟁이가 그려주었던 백황죽(白黃竹) 그림이었다. 그 그림을 떠올린 정수경이 스스로 헤아리기를

'이것이라도 올려보아야겠다.'

하였다.

정수경이 점쟁이가 그려준 그림을 올리니 관원이 받아 보았다. 그런데 관원들이 서로 그 대나무 그린 종이를 돌려 보며 일일이 그 뜻을 파악해 보려 하였으나 아무리해도 그 뜻을 알 수가 없었다. 그래서 마침내 죄인 수경에게 그 뜻을 물었다.

수경이 관원들에게 대답하기를

"죄인이 이 뜻을 알고 있었다면 어찌 지금까지 가만히 있었겠습니까? 제가 옥중고초를 겪은 지가 칠 개월이나 되었는데, 그 뜻을 알면서 이대로 겪고 있었겠습니까?"

하였다. 수경이 이렇게 대답하니 관원이 어쩔 수가 없어 임금님께 아뢰었다.

임금도 수경이 보여준 그림에 담긴 의미를 깨닫지 못하시어

"조정에 모든 신하들을 모으고 그 뜻을 알아내도록 하라."

하셨으나 한 사람도 아는 이가 없었다.

이런 상황이 되니

"남녀노소, 상하귀천을 가리지 않고 이 그림의 뜻을 아는 사람 있으면 천금상(千金賞)을 내리리라."

하셨으나 세상에 아는 사람이 하나도 없었다.

임금님께서 이 대나무 그림의 뜻을 아는 사람이 아무도 없으므로 더욱 분노하시어 금부에 명령을 내리셨다.

죄인이 이제는 괴이한 것을 올려 이 사건을 이렇게도 혼란하게 하는구나. 이는 조정을 희롱하여 잠시 살기를 도모하는 것이니 그 행동이 어찌 맹랑하다 하지 않겠는가? 오늘 다시 국문을 진행하여 그래도 대나무 그림의 뜻을 말하지 못하거든 즉시 죽이라.

이렇게 명하시니 관원이 이 명령을 받들어 전하였다.

이 날 또 형구를 갖추고 죄인 정수경을 심문 장소에 잡아 올려 다시 그 뜻을 따져 물었다. 그렇지만 정수경 또한 아뢸 말씀이 없었다. 다만 하늘을 우러러 탄식할 뿐, 오직 죽을 때만 기다릴 밖에 다른 도리가 없었다.

이때 장안의 모든 백성들이 전후좌우에 벌여 서서 금부에서 내린 명령을 들여다보니 정수경에게 형을 내린다는 것이었다. 이를 본 사람들은 누구나 눈물을 흘렸다.

한편 좌승상 이공의 집이 금부 옆에 있었다.

이때 이공이 부인과 함께 후원 누각 위에 올라 정 한림이 형벌받는 것을 구경하였다. 그러다가 대나무 그림 사연을 듣고 부인이 탄식하며 말했다.

"안타깝다! 누가 저 뜻을 해득하여 저 죄인을 살려내겠는가?"

하니 소저가 곁에 모시고 서 있다가

"세상 사람이 귀가 없고 눈이 어두워 지극히 용렬합니다. 이 사건은 국가대사(國家大事)가 되었는데 그 문제를 풀 사람이 없으니 큰일입니다. 비록 제가 규중에 있는 처자의 몸이지만 이 문제를 풀 수 있으면서도 여자로서의 도리를 지킨다고 함구불언(緘口不言)하고 있으면 되겠습니까? 이러한 국가대사에 공평한 말씀을 올리지 않는다면 어찌 나라에 큰 죄를 짓는 것이 아니라 하겠습니까? 그러니 소녀에게 문제를 해결할 기회를 주시기 원합니다. 그러면 제가 한번 입을 열어 바른 판단을 내리도록 하겠습니다."

하는 것이었다.

부인이 소저의 말을 듣고 매우 놀라 말했다.

"네가 어찌 그 뜻을 알아 흑백을 분간한다는 것이냐? 내용도 모르고서 그런 부질없는 말을 하지 말아라."

부인의 만류에도 소저가 대답하기를

"모친은 염려하지 마옵소서."

하였다. 그리고 시비를 불러 말했다.

"네가 지금 금부 관원이 심문하는 곳에 나아가 이렇게 전하여라. '저는 규중 아녀자입니다. 아녀자의 도리로는 태도를 바르게 하여 품위가 방정하도록 하는 것이 옳은 행실입니다. 국사에 당돌히 참례하는 것이 여자의 행실이 아닐 것입니다. 그렇지만 제가 비록 규중 여자라도 대대로 국은을 입어 그 한없는 은혜를 갚을 길이 없습니다.

나라의 법은 자고로 공평하게 행해져야 할 것입니다. 한 사람에게라도 형벌을 잘못 내린다면 어찌 원통함이 없겠습니까? 저도 또한 나라의 신하입니다. 신하가 되어 백성이 그 임금에게 원통함을 말하는 것을 어찌 태연히 여기겠습니까?

제가 보기에 이번 사건에서 죄인으로 잡혀 있는 정 한림은 명명백백히 무죄합니다. 그는 조금도 흠결이 없사오니 모름지기 그 원정을 받아 흑백을 분간해야 할 것입니다. 그리하여 위로는 성상의 넓으신 덕택을 널리 전하고 아래로는 죄인의 송사를 밝혀 만민이 원통함이 없게 하옵소서.'

이렇게 하라."

하니 시비가 소저의 명을 듣고 즉시 금부에 이르러 수풀같이 빼곡한 나졸들 사이를 헤치고 들어갔다. 시비가 관원을 향하여 소저의 전갈을 아뢰니 심문하던 관료들이 이 말을 듣고 놀라움을 이기지 못하여 말했다.

"세상에 이 같은 규중 여자는 천고에 없을 것이다. 참으로 희한하다."

하고 칭송하기를 마지아니하였다.

이때 이 승상도 또한 심문하는 곳에 참례하고 있었다. 조정의

신하들이 이공을 향해 뛰어난 딸을 두었다고 치하하니 이공이
말했다.

"여러분들께서 이렇게 과찬을 하시니 감당하지 못하겠습니
다. 규중에 있는 여자아이가 어찌 저 죄인의 사건 단서들을 분간
하겠습니까?"

여러 관원들이 서로 의논하되

"이 소저가 벌써 사람을 알아보는 능력이 있기로 이렇듯이 전
갈하는 것이니 빨리 회답하여 사건을 판정하는 것이 옳다."

하고 이 소저에게 회답하였다.

"소저의 정직한 말씀을 듣고 우리 벼슬아치들의 마음에 환히
깨닫게 되었습니다. 이 사건을 해결하는 것이 일시가 급하오니
감사하는 마음을 이루 다 말하지 못하겠습니다. 사건을 해결하
고 판정하는 일은 천하에 지공(至公)하고 지정(至正)하게 해야
할 것입니다. 만일 지극히 작은 하나라도 잘못되면 임금과 신하
가 그릇 될 것이니 어찌 두렵지 아니하겠습니까? 소저의 말씀대
로 나라의 큰 은혜를 입어 갚을 길이 망연하니, 어찌 규중에 있
음을 부끄러이 여겨 성상과 신하에게 허물이라 하겠습니까? 이
제 빨리 소저의 판단과 분별을 가르쳐 주시어 임금님의 근심을
덜게 하소서. 우리 벼슬아치들이 이 사건을 해결하지 못해 갖는
부끄러운 말씀이야 어찌 다 아뢰겠습니까?"

하였다.

시비가 이공의 집에 돌아와 이대로 소저께 전하니 소저가 또 전갈하였다.

"지공 지정한 법을 어찌 일개 집안의 아녀자가 결단하겠습니까? 만일 저를 이상하게 여기시지 아니하시고 심문하는 장소에 장막을 두르고 저를 부르시면 관가에 나아가 사건을 판결하겠습니다."

이러한 소저의 연락을 관원이 다 들은 후에 매우 기뻐하였다.

그래서 나졸을 명하여 대청에 장막을 치고 푸른색 비단 병풍을 겹겹이 두른 후 소저를 청하였다. 소저가 삼십 명의 시녀를 장막 주변에 옹위하게 하고 장막에 들어가 좌정하였다. 그리고 죄인의 원정을 올리라 하여 오래도록 상고하여 보았다.

마침내 소저가 원정에 대해 글을 써서 단단히 봉하여 시비에게 주어 법관의 처소에 보내도록 했다. 그러면서

"관원 하나와 영리한 하인을 정하여 이 봉서를 가지고 김 정승 댁으로 가게 하고, 그곳에서 떼어 보게 하소서."

라고 전하라 하였다. 여러 관원이 그 봉서를 받은 후에 즉시 관원과 하인을 명하여 김 정승 집으로 보내었다.

이때 금부도사가 나졸을 데리고 김 정승 집으로 가서 그 봉서를 떼어 보니, 내용이 이러했다.

김 정승댁 하인 중에 백황죽(白黃竹)이라 하는 놈
이 있을 것이니 즉시 잡아 오라.

　이를 관원이 읽어 보고 봉서의 내용을 확인하기 위해 김 정승
집에 나아가 살펴보았다. 그때 한 아이가 지나가서 물어보았다.

　"이 댁 종 중에 백황죽(白黃竹)이라는 종이 어디 있느냐? 물을
말이 있으니 잠깐 불러와 나를 보게 하라."

　하니 그 아이가 대답하기를

　"황죽이는 지금 사랑에 있으며, 대감을 모시고 있습니다."

　하였다. 그래서 관원이 또 묻기를

　"백황죽은 그 근본이 집안일하는 종인데 어찌 대감의 존전에
서 감히 수청을 든다는 것이냐?"

　하니 그 아이가 대답했다.

　"황죽이 근본으로는 이 댁의 집안일하는 종이었으나 사람됨
이 총명하여 일을 잘하였습니다. 그래서 대감이 특별히 아끼시
어 수청을 들도록 시키셨습니다."

　이 말을 듣고 관원이 나졸을 명하여 바로 사랑에 들어가 백황
죽을 잡아내어 결박하여 관아로 돌아왔다. 이에 소저가 또 말을
전하기를

　"그놈의 호패를 찾아 확인하라."

　하였다. 관원이 그 말대로 호패를 떼어 보니 과연 백황죽이라

되어 있었다.

관원이 백황죽의 호패를 확인하고 나니 소저가 그제야 여러 관원에게 전갈하였다.

분수를 아는 것은 사람마다 중합니다. 정 한림이 그 소저와 더불어 부부의 의를 맺을 적에 첫날밤에 정이 깊었습니다. 하물며 정 한림은 지방에서 자라나고 김 소저는 경성의 심규(深閨)에서 자랐으니 무슨 극형으로 죽일 이유가 있겠습니까? 이런 상황은 삼척동자라도 알 것입니다.

저는 이렇게 추측하였습니다. 그 집 노복 중에 방탕한 놈이 있어 예전에 김 소저와 간특한 관계를 맺고 있다가 혼례일이 되니 분기를 참지 못하여 한밤중에 신방으로 돌입하여 정 한림을 죽이려다가 잘못하여 소저를 죽였다고 의혹하였습니다.

정 한림이 그놈이 들어오는 것을 살펴보고 즉시 몸을 병풍 뒤에 감추었기 때문에 다행히 목숨을 상하지 않았습니다. 그러나 그때는 한밤중인지라 증언할 사람이 없어 해명하기 어려웠을 것입니다. 또한 그 일에 대해 물을 곳도 없었으나 그윽이 살펴보니 그 그림의 뜻이 종이는 희고 누런색으로 대나무를 그린 데 있었

습니다. 이는 성이 '백(白)'가요, 이름이 '황죽(黃竹)'
이라는 뜻입니다. 어찌 이런 일을 모르고 사건을 해결
하고 판결하겠습니까?

이제 바삐 그놈을 극형으로 엄히 문책하시면 자연
히 알게 되실 것이니 시험하여 보소서. 저는 이곳에
오래 머물 수가 없습니다. 이제 집으로 돌아가오니 부
디 사건을 잘 다스려 주옵소서.

이어서 소저는 시비를 명하여 교자를 타고 본래 자기의 집으
로 돌아갔다.

이때 여러 관원들이 소저의 전갈을 들으니 전후 사정에 대한
설명과 경계(警戒)가 밝고 뚜렷하였다. 소저가 일을 처리하는
능력이 비범하고 또한 신기하다고 깨달으며 여러 관원들의 얼굴
이 부끄러움으로 인해 진흙 빛이 되었다.

관원들이 백황죽을 형틀에 올려 매고 엄한 형벌로 국문하니
황죽이 견디지 못하고 어찌할 수 없이 처음부터 끝까지 자신이
지은 모든 죄를 세세히 털어놓았다.

"소인의 나이가 십팔 세이옵니다. 춘삼월 망간이 되었을 때
달빛이 밝게 빛나니 춘흥을 이기지 못하여 달빛 아래를 거닐었
습니다. 달빛 아래 경치를 보고 소인의 호탕한 마음을 진정치
못하여 몸을 띄워 화원을 넘어가 내당 앞에 다다랐습니다.

내당에는 등촉이 휘황하고 사창이 반쯤 열려 있었습니다. 사창 안에서는 아름다운 소저 하나가 거문고를 희롱하여 탁문군의 대인난(待人難) 곡조를 타고 있었습니다. 그러다가 소저가 거문고를 밀치고 〈시전〉을 읊는데

'들에서 잡은 노루를 하얀 띠 풀로 싸주는구나. 춘정을 품은 아기씨를 멋진 선비가 유혹하네.'

하는 것이었습니다. 소인이 그 뜻을 생각하니 소저가 춘정을 생각하는 듯하여 사창을 열고 들어갔습니다. 그런데 소저가 처음에는 놀라는 체하다가 소인이 함께할 뜻을 조르니 소저 또한 기쁜 마음으로 복종하였습니다.

그날부터 소인은 소저와 운우지정(雲雨之情)을 이루어 낮이면 밖으로 나오고 밤이면 들어갔습니다. 이렇게 정이 쌓이니 사랑하는 심정이 산과 바다 같이 크고 넓어 서로 언약하였습니다. 모월 모일에 보배와 패물을 싸서 새벽달 뜨기를 기다려 아무도 모르게 둘이 달아나서 평생을 동락하자고 서로 약속하였습니다. 그런데 이 언약을 이루기 전에 어느덧 혼례일이 되었고, 신랑이 집에 들어와 혼례를 치르고, 저녁에 신방으로 들어갔습니다.

일이 이렇게 되니 소인의 생각에 분하고 절통하여 신랑 신부 침소에 들어가서 신랑을 죽이려 하였습니다. 그런데 제 계획대로 되지 않아 도리어 소저를 살해하였습니다. 이것은 모두 귀신이 못하게 하여 소인의 계교를 마치지 못한 것입니다. 이제 소인

을 빨리 죽여 국법을 바르게 하소서."

라고 백황죽이 진술하였다.

이때에 심문에 참례하였던 조정의 신하들과 구경하는 장안만민이 저마다 이 소저의 식견이 통달함에 놀라고 칭찬함을 마지 아니하였다.

법관이 백황죽 그놈의 진술서를 가지고 어전에 들어가 전후 사연을 일일이 아뢰오니 임금이 들으시고 매우 놀라면서도 크게 기뻐하시어 이 소저를 천만 번 칭찬하셨다. 그리고 이 승상을 명하여 궁궐에 불러들여 뛰어난 딸을 둔 것을 칭찬하셨다.

임금님께서 호조에 명을 내리시어 이 승상에게 비단 이백 필과 황금 육십 냥을 주시고 정수경에게는 형조참판을 제수하시어 즉시 입시하라 하셨다. 한편 김 정승은 삭탈관직(削奪官職)하여 도성 밖으로 추방하였다.

임금이 정수경을 불러 말씀하셨다.

"과인이 사리에 어두운 탓으로 무죄한 경을 칠 개월이나 옥중에서 고초를 겪게 하였으니 이제 경을 다시 볼 낯이 없도다."

이에 대해 정수경이 웃으며 대답했다.

"이는 다 신의 신수가 불길한 탓입니다. 누구를 탓하겠습니까?"

하고 정수경이 황송하고 감격함을 이기지 못하였다.

이때 장안에 동요 하나가 있으니, 제목이 〈시원가〉였다. 그 노래는 이러했다.

시원하고 상쾌하다.

신통하고 기특하다.

이 이야기는 정수경의 칠재로다.

김 소저의 행실이여, 만 번 죽어 마땅하다!

백황죽의 방탕이여, 능지처참 면할쏘냐!

김 정승의 얼굴이여, 부끄러울 뿐 미안하도다!

조정의 모든 신하는 무엇 하나? 소저 한 명 당할쏘냐!

함곡관에서 맹상군은 닭 울음소리 한마디로 고국으로 상환하였으니

그것 아니 시원하며

계명산 추야월에 장자방 옥소소리 십만 대병 흩었으니

그것 아니 시원하며

한패공이 높은 콧대, 용의 눈으로 삼척장검 이끌어서 초패왕을 쳤으니

그것 아니 시원하며

아내에게 무안당한 소진은 육국 제후 달래어서 육국 정승 둘러차고 금의환향하였으니

그것 아니 시원하며

태위 주발이 손을 벌려 여록, 여산을 베어 내어 북군 중에 호령하니

그것 아니 시원하며

두오의 칼을 빌어 역신 왕망 베어 놓고 한 국조를 회복하니

그것 아니 시원하며

당나라 때 곽자의는 의병을 모집하여 역신 다스려 나라를 평안케 하였으니

그것 아니 시원하며

송나라 때 악비는 호나라 왕을 한판에 한 칼로 베어 내쳤으니

그것 아니 시원한가?

사람들이 이 동요를 부르며 지나다녔다.

이때에 이공의 집에서 정수경과 이 소저의 혼인을 정하자고 하는 말이 들리니 마침 임금이 이를 듣고 이 승상을 불러 말씀하셨다.

"과인이 중매로 나서기가 부끄러우나 경의 딸은 정수경의 배필이 분명한지라. 정수경과 경의 딸을 혼인하도록 하는 것이 어떠한가?"

이공이 아뢰었다.

"신의 마음도 간절하오나 이번 사건에 혐의가 있어 차마 말하지 못하였습니다."

임금이 웃으며 말했다.

"그런 사람을 배필로 정한다면 어찌 그것으로 혐의하겠는가?"

하시고 흠천관에게 택일하도록 하시니 이월 초 봄날 하루였다.

임금이 혼인에 필요한 도구들을 차리시며 예단을 갖추어 주시었다.

이러구러 시간이 흘러 혼례일이 다다르니 정수경이 혼례를 성대하게 준비하여 차리니 모든 절차가 이전보다 더 훌륭했다. 신랑이 여러 필요한 것들을 차려 이 승상 집안에 나아가 이공을 모시고 담화하였다. 혼례식에 참여하러 와서 집안에 가득한 빈객들이 칠 개월 고초 받던 일을 위로하고 이날 혼례 올리게 된 것을 신기하게 여겼다.

날이 저물어 신랑이 화촉동방에 나아가 신부를 맞으니 신부의 요조한 태도와 고결하고 정정한 행실이 비범해 보였다. 신부가 동쪽을 향하여 앉았으니 정수경이 그 은혜를 생각하다가 일어나 인사를 올리고 감사 인사를 하였다.

"소저의 밝으신 지혜와 덕이 아니면 제가 어찌 살아나 이날을 맞이했겠습니까?"

소저가 자리를 물러나며 대답하였다.

"군자께서는 어찌 그런 말씀을 하십니까? 제가 규문의 여자로서 관아에 나아가 사건을 논란한 것은 우리 집이 대대로 임금의 은혜를 입어 그 덕이 지극히 크시기 때문입니다. 또한 소중한 국법이 어지러워질 것을 염려하여 조정에서 관할하는 사건임에도 감히 국정에 참례하여 밝히고자 한 것입니다. 어찌 면목부지한 남자를 위해 한 일이겠습니까? 이제 군자가 저에게 감사를 하시니 오히려 부끄러워 몸 둘 바를 모르겠습니다."

정수경이 그 말을 들으며 보니 이 소저의 태도가 우아하고 고결하며 언사도 그러하였다. 그래서 몸을 굽혀 사죄하였다.

정수경이 몸을 돌려 벽 위를 살펴보다가 놀라운 것을 발견했다. 바로 자기가 당초에 미처 예측하지 못했던 재앙을 만났을 때에 쓴 영결서였다. 자연히 마음이 비창하여져서 정수경이 눈물을 금할 수가 없었다.

소저가 정수경의 거동을 보고 측은한 마음이 들어 탄식하여 말했다.

"군자가 신부를 대하고서 슬픔을 금치 못하고 눈물을 흘리시니 알지 못하겠습니다. 어찌 이렇게도 슬퍼하시는 것입니까?"

정수경이 대답하기를

"벽 위에 붙어 있는 글을 보니 자연히 심사가 이렇게 슬프고 어지러워져 어떻게 할 수 없을 만큼 억제하지를 못하겠습니다."

하니 소저가 흔연히 대답하였다.

"낭군께 아무리 슬픈 일이 있다고 한들 대장부가 어찌 이렇듯

이 눈물을 흘리시는 것입니까? 그러한 태도는 대장부가 아니라 아녀자의 녹록함이니 절대 안 될 일입니다."

소저가 이렇게 말을 하자 정수경이 대답하기를

"제가 이미 위험한 지경을 지나온지라 마음이 생각보다 많이 불편합니다. 이렇게까지 슬픈 이유를 알지 못하겠습니다. 소저는 이 글을 어디서 얻으셨으며, 왜 벽에 붙였는지 그 뜻을 알고 싶습니다."

하였다. 소저가 답하기를

"세상 사람이 다 외우기에 이 글을 얻어 붙였습니다. 그런데 군자가 어찌 이 글을 이렇게 주의 깊게 보시는 것입니까?"

하였다. 정수경이 소저가 영결시를 벽에 붙여 놓은 것을 매우 신기하게 여기는 중에 소저가 또한 수경의 반응을 이상히 여기니 정수경이 소저에게 전후사연을 자세히 설명하였다. 소저가 다 들은 후에 얼마나 놀랐는지 얼굴빛이 하얗게 질려 말했다.

"그럼 그 때 낭자가 이별할 때 무엇을 준 것이 있습니까?"

정수경이 말했다.

"은자 석 되를 주기에 그것을 가지고 여차여차하여 인정을 표하니 죽기를 면하게 되었습니다."

소저가 이를 듣고 매우 놀라면서도 기뻐하며 정수경의 손을 잡고 눈물을 흘리며 말했다.

"군자께서 죽을 수를 다 넘기셨으니 너무 과도히 슬퍼 마시옵소서. 오늘 이렇게 모두 알게 될 줄을 어찌 알았겠습니까? 이는 하늘이 도우신 것입니다. 이 모든 일을 보니 고목이 꽃을 피우고 죽은 사람이 다시 사는 것과 같은 것입니다. 군자께서는 또 장원급제하여 참판의 지위에 이르셨으니 얼마나 다행하고 기쁜 일입니까? 가히 천만고(千萬古)에 희한한 일이라 할 만합니다."

정수경이 소저가 하는 말을 다 듣고 그때서야 예전에 참변을 당하였을 적에 은자 주었던 낭자가 소저인 줄 알았다. 얼마나 놀랍고 기쁜지 정신을 잃을 정도였다.

처음에 이 모든 사실을 알게 되었을 때에는 가슴이 막혀 아무 말도 못하다가 매우 오랜 뒤에 정신을 진정하여 말했다.

"이것이 꿈인가, 생시인가? 실로 이 일이 진짜인지 가짜인지 모르겠구나!"

정수경이 이렇게 하다가 또 한편으로 생각하니 정말 감격스러웠다. 그래서 이 소저에게

"내가 천만요행으로 살아나서 항상 마음속 한편에 그대를 두고 잊지 못하였습니다. 그랬는데 임금님의 높으신 덕으로 오늘 이렇게 부부의 의를 맺게 되니, 이것은 연평진에서 칼이 두 번 합하고, 낙창 공주의 거울이 다시 모인 것과 같습니다. 어찌 놀랍고 즐겁지 아니하겠습니까?."

하고 밤새도록 이야기하였다.

정수경과 소저가 서로 주야로 앙모하던 말이며 그 사이 지낸

일을 이야기하니 춘정이 끊이지 않아 언제 끝날지 망연하였다.

이윽고 닭 울음소리가 나며 새벽이 오고 동쪽 하늘에 밝은 해가 돋았다.

소저가 대청에 나아가 부모를 뵙고 인사 올린 후 밤새 나눈 말씀을 드렸다. 정수경이 이전에 겪었던 곤경을 자세히 고하니, 이 소저의 부모가 다 들은 후에 이 승상은 깜짝 놀라 아무 말도 못하고 부인은 하늘과 땅이 함께 기뻐하듯 즐거워하였다. 이 승상 부부가 정수경과 소저의 혼인에 대해 죽은 사람을 다시 만나 인연을 맺은 것 같이 여겼다.

한편 정수경이 자신을 물에 넣어 죽이려 했던 종들을 불러 말했다.

"너희들이 예전에 나를 메고 다니느라고 오죽 수고가 많았겠느냐?"

하고 각각 은자 열 양씩을 나누어 주고 늙은 종을 불러 말했다.

"네가 아니었다면 내가 어찌 살았겠는가?"

하며 은자 오십 양을 주어 그 은혜에 사례하였다.

이러구러 며칠이 지나 정수경이 참판으로서 입궐하여 임금에게 조회하였다.

임금이 정수경을 불러 새삼 반기시고 각별히 우대하시니 정수경이 황송하고 감격하였다. 참판 정수경이 천은이 지극히 크심에 사례하고 날이 저무니 이 승상 집안에 돌아왔다. 정수경이 소저와 더불어 머무니 부부의 화락이 넘쳤다.

그렇지만 한편으로 정수경이 자식을 기다리실 홀어머니를 생각하니 근심하는 마음이 있어 기색이 편하지 못했다. 다음날 임금 앞에 나아가 엎드려 부모 뵙기를 청하였다. 그러니 임금이 허락하시어 수개월 말미를 주시었다.

참판이 이삼일 후 임금님께 하직하고 이공 부부께 또한 하직을 고하니 이공 부부가 사위의 손을 잡고 잘 다녀올 것을 당부하였다. 지금 떠나겠다는 사위의 결심이 확고하니 막지 못하고 참판의 행차를 각별히 챙겨 길을 떠나보냈다.

참판이 소저와 더불어 길에 올랐는데 그 행차는 여러 노비가 좌우에 배행하고 소저를 옹위하고 있었다. 도로에서 보는 사람들이 소저의 식견이 통달하여 사건을 밝히고 정 참판을 구하여 백년가약을 이루었으며 이제 금의환향하는 것을 보고 칭찬하지 않는 이가 없었다. 사람들이 참판 행렬의 아름다움에 감탄하기를 그치지 않는 중에 소관 열읍 수령이 참판을 공경함으로 맞이하고 보내니 그 영광이 비할 데가 없었다.

여러 날 만에 참판의 본가에 이르러 모 부인 슬하에 부부가 나아가 뵈었다.

참판의 모친이 천금 같은 아들을 보내고 주야로 문에 의지하여 기다리다가 이제 아들이 이 소저와 더불어 돌아와 절하는 것을 보고 기쁨을 이기지 못하였다. 그러면서 자부의 아름다움을 보고 기뻐하니 그 즐거움을 이루 측량치 못할 정도였다. 한편 모 부인 자신이 중년에 남편을 먼저 하늘에 보내고 혼자 이런 경사를 보는 것을 새삼 서러워하였다.

참판이 본가에 돌아온 지 사오 일이 되어 모친께 자신이 이제까지 겪은 일들을 세세히 아뢰었다. 부인이 다 들은 후에 슬픔과 기쁨이 교차하여 혹은 탄식하고 혹은 웃고 하였다.

부인이 이 소저를 대하고 아들이 두 번 살아온 은혜를 말하며 칭찬하니 소저가 공경하며 황공함으로 대하였다.

참판이 다음날 제물과 군악을 갖추어 선영에 나아가 성묘하였다. 참판의 제사에 산천초목이 새로이 반기는 듯하며 선조의 고혼도 감동하는 것 같았다. 참판이 선영에 예를 갖추어 모신 후 경성으로 올라왔다. 그리고 낮이면 옥궐에 조회하여 국사를 도우고 밤이면 집에 돌아와 봉양하기를 효로 하였다. 정 참판은 이 승상 집안에 자주 나아가 사위의 예를 다하고 소저로 하여금 잘 섬기도록 하며 세월을 보내었다.

정 참판 부부는 이남 일녀를 두었는데 풍모가 매우 훌륭하였고 자손이 계계승승하였다.

이 일이 매우 신기하기로 대강 기록하였다.

현대어

뎡슈졍젼

우리나라 태조 대왕께서 등극하시어 다스리던 시절에 나라는 태평하고 백성은 편안하였으며 시절이 좋아 풍년이 드니 온 백성들이 격양가 부르며 칭송하기를 일삼았다.

이때 경상도 안동 땅 운학동에 한 사람이 있었는데 성은 정이고, 이름은 명새였다. 평생 마음이 맑고 정직하여 속된 세상 사람들과 달랐다. 정명새는 가세가 부요하여 세상에 부러워할 것이 없었다. 다만 사고무친(四顧無親)하여 의지할 사람이 없고 자식이 하나도 없어 주야로 한탄하였다.

그런데 하루는 부인 안씨가 꿈을 하나 꾸었다.

꿈속에서 어떤 백발노인이 나타났다. 그 노인은 구절죽장(九節竹杖)을 짚고서 단정한 모습이었는데, 안씨를 불러 말하였다.

"내가 그대의 자식 없는 것을 불쌍히 여겨 이것을 주니 삼가 받으라."

안씨가 이 말을 듣고 정신을 수습하여 자세히 살펴보니 푸른 보자기 하나가 놓여 있었다. 안씨가 그 보자기를 펴고 안을 보니 붉은 구슬이 있었다. 그것을 보고 놀라 깨달으니 일장춘몽(一場春夢)이었다.

안씨는 꿈이 반가우면서도 괴이하여 사랑에 나아가 남편을 찾았다.

안씨가 남편 정공에게 자신의 꿈에서 있었던 일을 이야기하니 공이 크게 기뻐하며 말했다.

"옥황상제께서 우리의 자식 없는 것을 불쌍히 여기시어 자식을 점지하시는 것입니다."

하며 이루 다 말할 수 없을 정도로 기뻐하였다.

그런 일이 있은 뒤 과연 그 달부터 태기가 있었다.

안씨가 아이를 가진 지 십 개월이 되니 옥동자가 탄생하였다. 아이를 보니 얼굴이 비범하고 골격이 준수하였다. 또 어린 아이 울음소리는 얼마나 크고 우렁찬지 어른의 목소리에 비할 정도였다.

세월이 물같이 흘러 아이 나이가 다섯 살이 되었다.

아이 이름을 수정이라 하고 부부가 못내 사랑하였는데, 슬프다! 즐거운 일이 다하면 슬픈 일이 닥치는 것이 사람 사는 세상에 보통 있는 일이다.

정공이 우연히 병을 얻었다. 그러나 백약이 무효하여 회복하여 나을 길이 없었다. 정공이 부인과 수정의 손을 잡고 눈물을 흘리며 말했다.

"세상에서 도망하기 어려운 것이 사람의 운명입니다. 나의 병이 중하여 다시 회복하지 못할 것 같습니다. 바라건대 부인께서는 나 없음을 너무 슬퍼하지 마십시오. 집안일을 좋게 잘 다스리며 어린 수정을 인과 의로 가르쳐 조상의 제사를 받게 해 주시고, 돌아가는 혼백을 위로하여 주소서."

정공은 이렇게 말을 마치며 인하여 세상을 떠났다. 이러니 부인과 수정이 애통해 하는 모습은 차마 보지 못할 지경이었다.

부인이 슬픔을 진정하고 예로써 초종범절(初終凡節)을 극진히 하고 정공을 선산에 안장하였다. 그리고 나서는 다만 수정이 하나를 데리고 아름다운 봄철 석 달 좋은 시절과 가을철 좋은 계절을 눈물로 보내었다.

어느 사이 수정이 점점 자라 나이가 여덟 살이 되었다.

수정은 잘 자라서 이태백의 문장과 왕희지 필법을 갖추었다.

수정의 얼굴은 관옥같이 아름다웠고, 풍채는 두목지같이 늠름한 모습이 되었다.

이러구러 수정의 나이가 열여섯 살이 되었다.

수정은 시서백가어(詩書百家語)를 다 익혀서 통달하지 못한 것이 없었다.

이때 나라는 태평하고 백성은 평안하여 전국 각처에 문제가 없었다. 임금께서 나라에서 일할 천하의 인재를 보시려고 과거를 보게 하시겠다고 전국 팔도에 공문을 보내셨다.

이때 정수정이 과거를 시행한다는 소식을 듣고 모친께 여쭈기를

"소자의 나이가 이제 십육 세입니다. 대장부가 세상에 났으면

입신양명하여 임금을 섬기고 문호를 빛내는 것이 마땅히 해야 할 떳떳한 일일 것입니다. 이렇게 시골에 내려와 살면서 궁벽한 산골짜기에 묻혀 있어서는 안 될 것이라 생각됩니다. 그래서 제가 어머님의 슬하를 잠깐 떠나 이번에 시행하는 과거를 한 번 보았으면 합니다."

부인이 이 말을 듣고 크게 놀라 말하였다.

"내가 늦게야 너를 얻어 보옥같이 사랑하였다. 그러다가 가운이 불행하여 너의 부친이 일찍 별세하시니 밖으로는 우리를 도와줄 만한 가까운 일가(一家)도 없고 안으로는 문 앞에서 손님을 맞이할 아이도 없었다. 그러니 우리 모자(母子)가 서로 의지하여 살게 되었다. 네가 매일 아침에 나아가 저물도록 아니 돌아오면 나는 문 밖에 나아가 네가 오기만을 마을을 의지하여 바라보았다. 그런데 네가 어디를 간다는 것이냐? 또한 너의 나이가 어린데다가 한양은 여기서 천여 리나 멀리 떨어진 곳이다. 너는 어떻게 그 먼 곳까지 다녀온다는 것이며, 나는 누구를 의지하여 한시라도 지내라는 것이냐? 옛말에 이르기를 "임금을 섬긴 후에 문호를 빛낸다."라고 하기는 하였으나 네 나이가 아직 늦지 아니하니 그런 망령된 말을 다시는 하지 말라."

이렇게 부인이 하는 말을 듣고 수정이 또 다시 여쭈었다.

"시호시호부재래(時乎時乎不再來)라고, 인생에서 한번 지나버린 좋은 시기는 두 번 다시 오지 않는다 하였습니다. 소자의 나이가 이제 십육 세입니다. 이 나이라면 군자가 가히 입신양명(立身揚名)할 때라 할 것입니다. 제가 저에게 오는 때를 잃어버리고 심산궁곡에 묻혀 죽을 때까지 지내다가 일생을 마친다면, 일개 수정이 인간으로 태어나고 살았다는 것을 세상에 어느 누가 알겠습니까? 제가 어머니께 엎드려 빕니다. 어머니께서는 일시의 연연한 정을 생각하지 마시고 소자의 소원을 이루도록 허락하여 주옵소서.”

부인이 그 말을 들으니 정수정의 뜻이 녹록하지 아니함을 알게 되었다. 그래서 부인은 수정이 가진 뜻을 굳이 만류하지 못하였다.

부인은 수정에게 노비와 행장을 차려 주면서 길을 떠나게 하였다.

수정이 드디어 길을 나서게 되었을 때에 부인이 수정의 손을 잡고 경계하면서 말하였다.

“한양이 가깝지 아니하니 부디 거리에 나섰을 때에는 일찍 주점에서 쉬고 올라가거라. 그리고 유숙할 곳을 정할 때에는 착실한 주인을 택하여 유하도록 하여라. 타향은 수토(水土)가 다르니 부디 음식을 조심하여라. 너를 천리만리 먼 길에 보내는 이 어미의 마음은 오직 한 가지밖에 없다. 하루 스물 네 시간 생각하는 것은 너밖에 없을 것이다. 너는 과거를 보고 조속히 돌아와 이 어미와 반가이 만날 수 있기를 바라노라.”

하시며 눈물을 흘리니 수정이 모친을 극진히 위로하고 나서 이웃 선비와 함께 길을 떠났다, 수정이 길을 떠난 지 십여 일 만에 경성에 도착하였다. 수정이 경성에서 지낼 집을 정하고 과거(科擧) 볼 날을 기다리고 있었다.

그러던 어느 날이었다.

수정은 함께 지내는 친구들과 함께 다니면서 장안 풍경을 두루 구경하였다. 이리저리 다니다 보니 수정이 삼천동에 들어가게 되었는데, 그때 마침 날이 저물어서 자신이 지내는 곳으로 다시 돌아오려고 길을 돌이켰다. 그런데 수정이 오는 길에 보니 누각이 하나 있었다. 누각에는 방이 하나 써 붙여져 있었다.

    과거(科擧)에 관한 점을 보고 싶은 사람이 있으면 돈 다섯 양을 가지고 오시오.

이 방을 보고 수정이 자신이 가진 주머니를 열어서 한번 보았다. 그랬더니 자신의 주머니에는 다만 두 양밖에 없었다. 점을 보고 싶었던 수정은 돈 석 양을 친구들에게서 빌렸다. 그리고 친구에게 말하였다.

"나는 잠깐 이곳에 다녀갈 것이니 자네들은 숙소로 먼저 돌아가시게."

이렇게 다섯 양을 준비하고 친구들과 헤어진 수정은 점치는 집을 찾아 들어갔다. 수정이 가서 보니 점치는 집이 매우 맑고 깨끗하여 예사 집과 달랐다.

그 집에 들어가 보니 점치는 사람 하나가 앉아 있었는데 앞을 보지 못하였고, 용모가 매우 엄숙하였다.

수정은 그 앞 못 보는 점쟁이한테 나아가 절을 하였다. 그러고 나서 자신이 문복(問卜)하러 오게 된 사연을 말하였다.

수정이 하는 말을 듣고, 점쟁이가 우선 분향재배하였다. 그리고서는 산통을 흔들며 보이지도 않는 눈을 번득이며 축수하여 말하였다.

"하늘이 무슨 말씀을 하시겠습니까? 하늘께서는 두드리면 응하시나니 이미 영험하신 신께 고합니다. 신께서는 이를 느끼시고 고하는 기도에 통하여 주옵소서. 경상도 안동부 운학동에 거하는 정수정의 신수 길흉을 자세히 알지 못하오니 엎드려 빕니다. 신명께서는 숨김없이 밝혀 보여 주옵소서."

이렇게 점쟁이가 기도를 올리고 두세 번 점괘를 풀었다. 그런데 이 점쟁이가 탄식에 탄식을 거듭하며 한숨을 그치지 않는 것이었다.

수정이 이 점쟁이의 수상한 기색을 보고 일어나 설을 하고 물었다.

"소동이 문복하옵기는 평생 길흉을 알고자 함입니다. 그러하오니 바른 대로 저의 길흉을 가르쳐 주옵소서."

수정이 간청하는 것을 듣고 점쟁이가 오랫동안 깊이 생각에 잠겼다. 그리고 한참이 지난 뒤에 말하였다.

"당신은 이번 과거에 장원 급제할 것이다. 그러나 세 번 죽을 액운이 있으니, 아무리 살고자 하여도 살기가 어렵구나. 그러니 어찌 가련하지 아니하겠는가?"

수정이 이 말을 들으니 간담이 서늘하여지고 심장이 떨어지는 것 같았다.

수정은 정신이 아득하여 울며 고하였다.

"소자의 팔자가 기박하여 다섯 살에 부친을 여의고 형제자매 하나 없는 외동아들로 자랐습니다. 저는 다만 모친을 모시고 일시도 슬하를 떠나지 못하고 지내고 있었사온데, 외람히 이번 과거에 급제할 마음을 갖게 되었습니다. 저는 모친께서 만류하시는 말씀을 하셨음에도 듣지 않고 경성에 올라왔습니다. 그리고 다행히 존공을 만나 신수 길흉을 물었던 것입니다. 그런데 이런 말씀을 들으니 하늘이 무너지고 땅이 꺼지는 것 같습니다. 엎드려 공손히 원하오니, 제발 도사님께서 소자를 불쌍히 여기시어 액을 막을 수 있는 방법을 자세히 가르쳐 주옵소서."

수정의 간절한 요청을 듣고 점쟁이가 대답하였다.

"사람의 운수에 있는 재앙은 하늘에 달린 것이니 만일 미리 막을 방법이 있다면 세상에 어찌 신수 불길한 사람이 있겠는가. 그대의 사정이 아무리 불쌍하고 가엾다 할지라도 어떻게 할 길이 없으니 급히 돌아가라."

이렇게 단호히 말하니 수정이 정신을 잃고 눈물을 흘리며 슬피 울면서 말했다.

"이렇게 간절히 엎드려 빕니다. 제발 선생께서 자비하신 덕을 저에게 드리워 주십시오. 소자를 살려만 주신다면 죽게 된 목숨을 다시 살려주신 은혜를 결초보은(結草報恩)하는 심정으로 죽어서라도 잊지 않고 갚겠습니다."

수정이 이렇게까지 간청하니 점쟁이가 한참을 생각하였다.

그러다가 백지 한 장을 꺼내어 누런색으로 대나무 하나를 그려 주며 말했다.

"그대가 지극히 간청하기로 이것을 그려 주는 것이다. 첫 번째 죽을 수를 만났을 때는 살기를 도모하여도 도망하기 어렵다. 두 번째 죽을 수는 더욱 급박하거니와 천만요행으로 살아나도 세 번째 죽을 지경에 이를 것이다. 그런 상황이 되면 여기 그린 대나무를 내어놓으라. 그러면 혹시 그대를 구할 사람이 있을까 한다. 그러나 이 모든 방책 역시 진나라 책에 나오는 '귀를 막고 방울을 도적한다.'는 것같이 어리석은 일인지라. 어찌 믿으리오."

이 방법을 듣고서는 수정이 비로소 눈물을 거두었다. 그리고서는 이 점쟁이의 존호를 물었다. 그러나 그는 대답하지 않고 오히려 매우 엄한 안색을 보였다.

이를 보고 수정이 다시 묻지 못하였다.

수정은 점쟁이에게 하직 인사를 하고 문밖으로 나섰다.

수정이 길에 나서보니 이미 해는 서쪽 산으로 떨어지고 달이 동쪽 산봉우리에서 솟았다. 남산에는 봉화가 들고 종로에 인경 소리가 들렸다.

수정은 혹시 순찰하는 군졸에게 잡힐까 염려하여 황망히 숙소로 돌아가고자 하였다.

수정이 걸음을 재촉하여 급히 가는 길에 한 골목에 다다랐을 때였다. 어떤 건장한 놈 십여 명이 일시에 달려들어 한편으로는 수정의 입을 막고 또 한편으로는 사지(四肢)를 동여매어 교자에 앉혔다. 그들은 교자에 수정을 싣고 풍우같이 달리더니 한 곳에 이르렀다. 그놈들이 교자를 내려놓고서는 수정에게 내리라 하였다.

수정이 정신을 차리고 좌우를 살펴보니 삼간(三間) 연당(蓮堂)에 등촉이 휘황하였다.

그놈들이 수정에게 그 안으로 들어가자 하였다.

수정이 대답하기를

"이 집은 아마도 재상가 댁이라. 나에게 본래 친척이 없고 한 번도 뵈옵지 못하였는지라. 그러니 아무 연고도 없을 이 집에 어찌 들어가리오."

하니 그놈들이 주먹을 겨누며 말했다.

"네 사생(死生)이 목전에 있거늘 어찌 우리가 시키는 말을 당돌히 막느냐? 네가 죽기를 재촉하는구나!"

그놈들이 이렇게 겁박을 하니 수정이 어찌할 수가 없어 연당 안으로 들어갔다. 수정이 들어가 보니 향내가 진동하였다. 그리고 사방이 대병풍과 소병풍으로 둘러져 있었는데, 그 그림도 황홀하였다.

그림 속 내용을 보니 한나라 엄자릉이 간의대부를 마다 하고 동강 칠리탄에서 낚시질하는 진경이 역력히 그려져 있기도 하고, 한 종실 유황숙이 삼분 천하 요란한데 와룡 선생 만나려고 적토마를 바삐 몰아 남양 초당 풍설 중에 삼고초려(三顧草廬)하는 진경이 역력히 그려져 있기도 하였다.

또한 오류선생 도연명은 팽택현령(彭澤縣令)을 마다하고 심양강에 배를 띄워 시상리(柴桑裡)로 돌아오는 진경이 있었고, 궁팔십 달팔십(窮八十 達八十) 강태공은 주문왕을 만나려고 광장삼천육백조(廣張三千六百釣)를 위수에 던지는 경개가 역력히 그려져 있었다.

그런가 하면 상산의 옛 노인은 한가히 바둑판을 대하고 있는데, 한 노인은 백기를 들고 한 노인은 흑기를 들고 한 노인은 구경하고 한 노인은 졸고 있는 진경이 있었다. 또한 한나라 장자방은 계명산 추야월(秋夜月)에 옥소를 슬피 불이 팔천 초병 헤치는 진경이 있었다.

팔구 칠십 이적선(李謫仙)은 채석강 명월야(明月夜)에 포도주를 취하게 먹고 뱃머리에 비스듬히 앉아 물속에 비취는 달을 붙들려고 하는 진경이 있었다.

또 한 그림에는 송나라 소동파가 추칠월(秋七月) 기망야(旣望夜)에 찾아온 손님과 더불어 적벽강에 배를 띄우고 노는 경개가 역력히 그려져 있었다.

그리고 또 다른 그림에는 이화, 도화, 설중매며, 녹죽, 창송, 두견화며, 앵무, 공작, 비취새를 그렸다.

이런 중에 원앙금침이 펼쳐져 있고 화촉이 휘황하니 신부 신랑이 보낼 신방을 차린 모양으로 보였다. 수정이 방안에 홀로 앉아 그 곡절을 몰라 어리둥절해 하고 있었다.

이윽고 시비 십여 명이 어떤 처자를 옹위하여 방안으로 들어왔다. 수정이 이것을 보고 마음에 너무나 놀라고 다급하여 어찌할 줄을 모르고 몸을 일으켜 서쪽으로 향하였다.

방안에 들어온 그 처자가 아름다운 눈길을 잠깐 들어 수정을 살펴보았다. 처자가 보니 수정의 준수한 용모와 화려한 기상이 짐짓 천하에서 뛰어난 인재로 보였다.

처자가 마음에 애연하여 일어나 절하였다. 그리고 처자는 아미(蛾眉)를 숙이고 가느다란 소리로 수정에게 말하였다.

"규중의 여자로서 남의 남자를 모셔 놓고 먼저 말씀드림이 체모가 아닐 것이나 사정이 이러하니 말씀을 올립니다. 이렇듯 훌륭하고 재주가 뛰어난 수재께서 불행하여 죽을 함정에 들어오게 되니 제 마음에 무척 애연하나이다."

처자의 말을 듣고 수정이 그제야 자신이 죽을 땅에 들어온 것을 알았다.

수정이 일어나 예를 갖추어 인사하고 말하였다.

"무슨 연고로 나 같은 천생을 이곳에 유인하였나이까?"

처자가 대답하기를

"첩의 명이 기박하여 다른 동생이 없사옵고 다만 첩 하나밖에 없습니다. 부모님께서 저를 지극히 사랑하시어 관상 보는 사람이 오면 첩의 관상을 보았습니다. 그런데 저의 관상을 보는 이들은 하나같이 다 말하기를

"초년에 상부(喪夫)할 팔자라."

라고 하였습니다. 제 관상이 그렇다 하니 부모님께서 주야로 근심하셨습니다. 그래서 제 운수에 있는 재앙을 미리 막을 수 있는 방법을 물어보았습니다. 관상 보는 사람들이 말한 제가 도액할 수 있는 길은

"성혼하기 전에 남의 남자를 가만히 데려다가 부부 모양으로 행례한 후에 즉시 죽이라. 그리하면 그 운수의 재앙을 도액할 것이다."

하였습니다. 부모님께서는 이 말대로 오늘 계교를 행하려고 종들을 사면으로 보내었습니다. 그랬더니 불행히 그대 같은 천하의 뛰어난 인재를 데려와서 죽이게 되었습니다. 그러니 제가 어찌 애달프지 아니하겠습니까?"

수정이 눈물을 흘리며 탄식하고 말했다.

"그것은 낭자를 원망할 바가 아니라, 천생(賤生)의 신수로소이다. 나는 본래 하방의 미천한 사람입니다. 부친을 일찍 여의고 다만 홀로 남은 어머니를 모시고 살고 있었습니다. 그러다가 외람되이 과거에 응시하여 급제하고자 하는 마음을 먹게 되었습니다. 저의 모친께서는 저의 과거 응시를 만류하셨으나 제가 듣지 않았습니다. 모친의 뜻을 따르지 않고 경성에 올라 왔다가 이러한 환난을 당하오니 이 몸 죽는 것은 슬프지 않거니와 날마다 저를 기다리실 모친을 생각하니 북받치는 슬픔에 어찌할 바를 모르겠습니다. 슬프다! 사람의 죽음을 의논한다면 요순, 공맹 같은 성인도 면하지 못하셨는데 하물며 나 같은 사람이 어찌 죽음을 면하고 살기를 바라겠습니까? 그러하오나 바라건대 낭자는 하늘이 이미 정한 팔자이오니 착한 마음을 베풀어 이 잔명(殘命)을 살려 주소서."

수정의 이러한 애연한 사연을 듣고 낭자가 눈물을 흘리며 말했다.

"첩의 마음대로 한다고 하면 이 몸이 대신 죽어서라도 그대의 목숨을 살릴 수 있도록 할 것입니다. 그렇지만 이 일은 부모님께서 하시는 일인지라 백 가지로 생각해 보아도 어떻게 할 길 없습니다. 수재께서는 마음만이라도 단단히 먹을 수밖에 없을 것 같습니다."

처자의 말을 들으며 수정은 자신이 죽기를 면하지 못할 것을 알았다. 수정은 하늘을 우러러 탄식하며 지필묵(紙筆墨)을 청하였다.

수정이 영결시를 지어 벽상에 붙이니 그 글은 이러했다.

한심하고 가련하다.
정수정이 이팔청춘(二八靑春)으로 어이하여 황천객이 된단 말인가!
세상 천지에 이런 팔자가 또 있는가!
삼춘(三春) 화류(花柳) 소년들아!
이 내 한 몸 살려주소.
인간이 칠십 평생 다 살아도 죽는 인생 불쌍하거든 이팔청춘 겨우 되어 죽는단 말이 어찌 된 말인고?
슬프다!
이 내 신세 생각하니 삼간초당(三間草堂) 적막한데 침침한 밤 삼경(三更)에 속절없이 죽는 줄을 뉘 알쏘냐?
엄동설한(嚴冬雪寒) 찬바람을 겨우 지난 꽃떨기가
삼춘(三春) 화풍(和風) 호시절(好時節)에 방울방울 맺혔더니
난데없는 불이 나서 생초목에 불이 붙었도다.
이 내 몸이 세상에 생겨나서

사서삼경 읽어내고 입신양명 바랐더니
조물이 시기하여 함정 안에 들었도다.
죄가 있어 이러한가?
내 명이 그뿐인가?
무죄한 인생이 죽으려니 이 아니 한심한가?
나를 죽여 혼자 살지 말고
둘이 함께 살면 그 아니 좋을쏜가?
저기 가는 저 마부야!
그 말을 잠깐 빌릴쏘냐?
이 내 흉중에 쌓인 슬픔,
짝을 지어 실어다가
흘러가는 한강수에 활활 풀어 주소.
우리 모친 혼자 앉아
슬피 울며
나 같은 불효자를 생각하시는 거동 보소.

보고지고. 보고지고.
우리 아들 보고지고.
알지 못하겠구나!
천리(千里) 원정(遠程)을
잘 갔는가, 못 갔는가?

어이하여 소식조차 돈절한가?
오늘 올까, 내일 올까?
우리 아들 소식을 들으려고
뒷동산에 올라가서 한양성을 바라보니
구름도 희미하고 안개도 몽롱하다.
그렁저렁 해는 져서 황혼 되니
한숨으로 내려와
궁궐 같이 빈 방안에 홀로 앉아
한숨 쉬고 누었으니
달 밝고 서리 찬 밤에
외기러기 울고 간다.

우리 모친 한 걸음에 내달아
사창 밖에 홀로 서서 눈물을 지으시고

묻노라!
울고 가는 저 기럭아!
우리 아들 소식 전할쏘냐?
그 기러기 무정하다!
저만 울고 가는도다.
그러하신 정경을 생각하면 어찌 처량치 아니하리오.

슬프다!

이 내 몸이 죽기 전에

어머님 얼굴 보고지고.

만리장천 구름 되어 떠나가서 보고지고.

오동추야 달이 되어 비춰어나 보고지고.

명사십리 해당화야!

꽃 진다고 슬퍼 마라.

밝은 봄이 돌아오면 또 다시 피려니와

이 내 한 몸 죽어지면 음이 날 리 만무하다.

흉중에 쌓인 소회 무궁하나

일촌간장이 녹는 듯하여

일필(一筆)로 쓰는 것이로다.

수정이 쓰기를 다 하고는 붓을 던지고 쓰러져 울었다.

수정의 두 눈에서 눈물이 흘러 옷깃을 적시었다.

낭자 또한 비회(悲懷)를 금치 못하여 눈물이 영영하였다.

그렁저렁 밤이 깊어 원촌에 닭이 울고 바람 소리는 소슬하였다.

낭자가 함롱(函籠)을 열고 은자(銀子) 서 되를 꺼내어 수정에게 주었다.

하지만 수정은 사양하며 말했다.

"지금 죽을 사람이 은자는 가져다가 무엇 하겠습니까?"

수정이 이렇게 사양하는데도 낭자가 은자를 비단 전대에 넣어 수정의 허리에 둘러 주었다. 그리고 말하였다.

"수재께서는 세상 물정을 참으로 모르십니다. 길가에서 죽은 사람이라도 몸에 재물을 지니고 있으면 모르는 사람이라도 재물을 탐하여 묻어 주는 일이 있습니다. 그런데 어찌 이렇게 사양하는 것입니까? 이것을 가져가면 혹 쓸 데가 있을 것이니 부디 간수하도록 하십시오."

낭자가 말을 마치니 홀연 수십 명의 종들이 문 밖에 와서 말했다.

"낭자께서는 나오십시오."

이 말을 들으니 두 사람이 서로 운우지정(雲雨之情)은 이루지 못하였으나 헤어지게 된 것이 안타깝게 느껴졌다. 두 사람이 서로 붙들고 애연히 이별하였다.

그리고 낭자가 문밖으로 나아가니 수십 명의 종들이 일시에 달려들어 수정을 잡아내었다. 종들은 수정의 사지를 동여 묶고 입을 막아 교자에 앉았다. 그렇게 수정을 교자에 앉힌 종들은 화살대 같이 빠른 속도로 길을 갔다.

한 곳에 이르니 층암절벽 위였다.

종들은 수정을 그 절벽에 앉히고서는, 온 몸을 묶은 채로 천장만장이나 깊은 물에 던지려 하였다.

그런데 그 때에 종들 중에 늙은 사람이 여러 놈더러 말했다.

"저 동여 묶은 것이라도 풀고 넣으라."

여러 놈들이 이 말을 듣고 수정을 동여 묶은 것을 풀어놓았다.

수정이 이때 정신을 차리고 여러 놈더러 말했다.

"내 평생 동안 담배를 좋아했는데 이렇게 죽을 지경을 당하니 울울한 회포를 풀 데가 없는지라. 그러니 내 생전에 담배 한 대라도 먹고 죽으면 어떻겠는가?"

이 말을 듣고 여러 놈들이 바쁘다 하면서 허락하지 않았다.

그런데 그 늙은 사람이 말했다.

"나라의 큰 죄인도 음식을 먹이고 죽이는데 하물며 아이는 무슨 죄가 있다고 담배도 못 먹게 하는가?"

그 늙은 사람이 이렇게 말하고서 담배 한 대를 주었다.

수정이 늙은이에게서 담배를 받아먹으니 여러 놈들 중에서 세 사람만 남고 먼저 떠나면서 말했다.

"우리는 먼저 돌아가 남문 밖에 있는 김 부장 집에 가서 볼 일을 보고 기다릴 것이니 저 아이를 물에 넣고 나서 그리로 오라."

세 사람을 두고 그들은 먼저 길을 떠나갔다.

슬프다!

수정이 먹고 있는 담배가 거의 다 타 가고 있었다.

수정은 다 타 가는 담배를 보며 하늘을 우러러 탄식했다.

"어이없고 속절없다. 천길 물속에 들어가 이제는 어복고혼(魚腹孤魂)이 되겠구나! 천리 밖에 계신 우리 모친, 나 죽은 줄 모르시고 날마다 기다리시고 슬퍼하시겠구나. 그렇게 하신들 어느 동생이 있어 위로할까!"

하면서 대성통곡하니 그 모습은 차마 보지 못할 정도였다.

수정이 정신을 수습하여 보니 문득 낭자가 주었던 은자가 생각났다.

'내가 죽은 후에는 이 은자가 무슨 쓸모가 있겠는가?'

하고 전대에 있던 은자를 꺼내어 남아 있던 세 명에게 주며 말했다.

"이것은 내가 집에서 떠나올 때 노잣돈 하려고 가져온 것이오. 그러나 내가 이제 죽게 되었으니 이것을 무엇에 쓰겠는가? 내가 그대들에게 이 은자를 주겠으니 이것을 죽는 사람의 재물이라고 더럽다 하지 말고 받으시오. 이건 가져다가 술값에나 보태어 쓰시오."

수정이 이렇게 자신이 가지고 있던 은자를 주니 이 세 명이 그것을 받았다.

그리고 드디어 수정이 물에 빠지려는 순간, 그때 그 늙은 사람이 두 놈을 꾸짖으면서 말했다.

"사람이 세상에 처하여 착한 일을 행하면 복이 오고, 악한 일을 행하면 앙화가 미치는 것이다. 이 아이가 이팔청춘에 죄 없이 죽음을 맞게 되었으니 어찌 가련치 아니하겠는가. 하물며 우리는 저 아이의 재물을 받았으니 우리 세 명이 저 아이를 살려 주는 것이 마땅하다. 우리가 이렇게 한 것을 마음에 깊이 새겨 두

고 절대 잊지 않아 일체 이 말을 입 밖에 내지 아니하면 천지신명 외에 누가 알겠는가?'

늙은 사람이 하는 말을 듣고 두 사람이 한참을 생각하다가 말하였다.

"노인의 말씀이 당연하도다."

하고 수정에게 말하였다.

"우리 세 명이 수재의 정경(情景)을 가긍히 여겨 살려 주는 것이니 바삐 고향으로 내려가 종적을 감추라."

하는 것이었다. 수정이 그 말을 듣고 어린 듯 취한 듯 꿈인 듯 생시인 듯 다시 생을 살게 된 은혜에 백배치사(百拜致謝)하고 전지도지(顚之倒之)하여 도망하였다.

수정이 도망하는 모습을 보니 그 거동이 그물에서 풀려 난 고기요, 불붙는 데에서 벗어나 뛰어가는 토끼 같았다.

수정이 동서를 분별하지 못하고 달아났더니 동방이 밝아오며 인적이 산란하였다. 정신을 차려 살펴보니 동대문 아래에 다다랐다. 그제야 수정이 몸을 얼마 동안 진정하며 생각하였다.

'내가 간밤에 하마터면 수중고혼(水中孤魂)이 될 뻔하였구나. 그러나 신명의 도우심을 입어 잔명을 보존하였으니 내가 다시 성내에 들어가 왕래하는 것은 안될 말이다. 그렇지만 나는 과거를 보러 온 것인데, 과거도 보지 않고 그저 돌아간다면 그 얼마나 부끄러운 일인가? 또한 내가 과거를 본다 할지라도 지난밤의 내 면모를 누가 능히 알아보겠는가?

수정은 이런 생각을 하고 성내에 들어가 자신이 묵기로 한 숙소를 찾아갔다.

그런데 동행들이 수정을 보고서 한편으로는 반기는 체하였으나, 수정의 용모와 문필이 출중한 것을 시기하여 자신들의 마음을 속이고 다른 데로 갔다.

수정이 주인집에 홀로 머물다가 과거(科擧) 날이 되니 과거 보는 시험장 안에 여러 도구를 차려 가지고 들어갔다. 수정이 과거 시험의 글제를 기다리고 있다가 현제판(懸題板)이 걸리는 것을 보았다. 글제는 이러했다.

요조숙녀(窈窕淑女)는 군자호구(君子好逑)라.

수정은 이 글제를 보자 바로 쓰기 시작했다.

시지(試紙)를 펼쳐 놓고 일필휘지(一筆揮之)하여 써 내려가니 용이 날아오르는 듯 힘찬 필체에 점 하나 더할 것 없이 흠잡을 곳 없는 문장이 되었다.

수정이 이렇게 지은 글을 과거 시험 보는 사람들 중에 가장 먼저 바쳤다. 그리고 숙소에 돌아와 과거 시험 결과를 기대하며 기다리고 있었다.

이때 임금님께서 몸소 나오시어 과거 시험에 응한 사람들의 글을 살펴보셨다. 그러다가 수정의 글을 보시니 글자 한 자 한 자가 모두 주옥같이 잘 되었고, 한 구절 한 구절이 최고였다. 임금께서 칭찬하시며 말씀하시기를

"이 문필은 고금을 통틀어 드문 바이다. 이 사람의 생각과 도량이 반드시 창해같이 넓을 것이다."

하셨다.

그리고 임금께서 이 글을 제출한 과거 응시자가 누구인지 확인하여 보시니 경상도 안동부 운학동에서 온 정수정으로 나이는 십육 세였다.

임금님께서 크게 기뻐하시고 못내 칭찬하시며 정수정에게 장원급제를 시키셨다. 임금님께서 새로이 장원급제한 정수정을 궁궐로 부르시니, 수정이 푸른 비단 관복에 의관과 각대를 갖추어 입었는데, 흑각대를 띠고 머리에는 어사화를 꽂았다.

수정이 임금님 앞에 나아가 고개를 숙여 사은숙배(謝恩肅拜)하였다.

임금님께서 수정을 보시고 가까이 부르셨다. 임금님께서 수정의 인물을 살펴보니 단정한 용모와 훤하게 광채가 나는 풍채가 진실로 천하에 뛰어난 인재였다. 이를 보시고 임금님께서 더욱 아끼고 귀하게 여기시어 어주(御酒)를 내리시고 즉시 한림학사를 제수하시었다.

수정이 임금님의 하늘과 같은 은혜를 못내 축사하고 궐문 밖

으로 나아왔다. 수정이 은으로 장식한 안장을 얹은 백마에 높이 앉아 장안대로로 나아오니 그 위의가 대단했다. 수정의 주위에는 한림원과 예문관의 서리와 비단옷 입은 화동이 전후에 옹위하고 가니 구경하는 사람들이 칭찬하지 않는 이가 없었다.

그런데 홀연 동편에서 급히 과거 급제자를 부르는 것이었다. 이에 정 한림이 나아가 예를 갖추어 알현하였다.

정 한림을 찾은 이는 좌의정 이공필이었다. 이공필은 정 한림과 무수히 진퇴를 반복하고 아끼는 마음을 이기지 못하여 정 한림의 손을 잡고 말했다.

"늙은이가 그대에게 청할 말이 있으니 들어 주시겠나?"

한림이 대답하기를

"대감께서 소생을 이같이 사랑하시니 황공하고 감사합니다. 그런데 무슨 말씀을 청하고자 하시나이까?"

하였다. 이공이 대답하기를

"나의 팔자가 기박하여 다른 자식이 없고 다만 딸 아이 하나를 두었는데, 내 딸 아이가 총명하고 민첩하며, 슬기로워 가히 어진 군자를 섬길 만하다. 내가 저와 같은 배필을 구하고 있었는데 오늘 그대를 보니 마음에 매우 합당하기로 청하나니, 그대는 사양치 말고 허락함이 어떠한가?"

하였다.

한림이 이 말을 듣고 사례하며 말했다.

"대감께옵서 소생같이 미천한 것을 혐의치 아니하시고 이같이 말씀하시니 제 마음이 너무나 감격하여 억누를 수 없을 정도입니다. 그렇지만 소생의 팔자가 기구하여 일찍이 부친을 여의고 다만 홀어머니만 계시어 제가 임의로 못하겠습니다."

이공이 정수정의 대답을 듣고 말했다.

"그러하다면 이렇게 급하게 성례할 것이 아니라 대부인께 말씀을 여쭈어 허락을 받은 후 혼례를 올리도록 하자."

그리고 이공이 정수정에게

"함께 우리 집으로 돌아가자."

하였다. 그래서 한림이 이를 사양하지 못하여 따라가려고 하였다.

그런데 그때 또 서편에서 과거급제자를 부르는 것이었다.

이에 정 한림이 나아가 예를 갖추고 알현하니 이는 우의정 김성필이었다. 김성필도 정 한림과 무수히 진퇴하다가 못내 아끼며 또 정 한림에게 사위되기를 청하였다.

김성필도 정 한림에게 자신의 딸과 혼례를 올리자고 하니 한림이 미처 대답을 하지 못하고 있었다. 이때 이공이 나서서 말하였다.

"내가 먼저 정 한림에게 우리 집안과 혼인을 맺자고 하였사오니 대감은 말씀하지 마옵소서."

이공이 하는 말을 듣고 김공이 대답하였다.

"대감의 처지는 나보다 몇 배나 더 낫습니다. 그러하오니 설령 정 한림과 먼저 정혼하였을지라도 내게 넘겨주시면 좋겠습니다."

하고 설왕설래(說往說來)하며 가부(可否)를 정하지 못하고 있었다.

그렇게 이공과 김공이 서로 정 한림과 혼인을 맺으려고 하다가 두 사람이 임금님 앞에 나아가 아뢰기에 이르렀다.

김성필이 먼저 임금님께 아뢰었다.

"이공필은 비록 아들이 없사오나 원근의 친척들은 있어서 양자라도 삼을 수 있을 것입니다. 그렇지만 소신은 혈혈고종(子子孤蹤)으로 양자 삼을 데가 없습니다. 그러하오니 엎드려 빕니다. 제발 임금님께서는 신을 불쌍히 여기시어 저희 집안이 정 한림과 성혼할 수 있도록 해 주옵소서. 그리하여 저희 집안에서 외손봉사(外孫奉祀)라도 할 수 있게 하옵소서."

임금이 김성필의 사정을 가긍히 여기시어 명령을 하셨다.

"이공필은 다른 데에서 사위를 찾도록 하고, 김성필은 정 한림과 성혼하도록 하라."

임금님은 이렇게 명령하시고 즉시 태사관을 불러 명하시어 택일하도록 했다. 그랬더니 춘삼월(春三月) 초순(初旬)으로 혼례일이 결정되었다.

임금님께서는 호조에 명령을 내리시어 혼인 도구들과 필요한 것들을 풍부하게 준비하여 차려 주라고 하시었다.

이렇게 임금님께서 김성필 집안과 정 한림의 혼사를 준비시키시고 진행하시는 중에 정 한림이 임금님 앞에 나아가 말씀을 아뢰었다.

"신이 일찍 아비를 잃었사옵고 다만 홀로 늙으신 어머님만 있사옵니다. 혼인은 사람의 인생에서 대사(大事)입니다. 그런데 제가 어찌 어머니께 고하지도 않고 정혼할 수 있겠습니까? 엎드려 비오니 임금님께서 저의 혼례 일자를 미루어 주시고 저에게 두어 달 말미 주시길 바랍니다. 그렇게 하도록 허락해 주시면 신이 고향에 내려가 모자가 서로 만나 얼굴을 마주할 수 있을 것입니다. 그리고 제가 어머님께 정혼한 사연을 고한 후에 즉시 올라와 혼례식을 행하고자 하나이다."

임금이 말하였다.

"경이 가진 꿋꿋한 기개는 과연 마땅한 것이다. 그러나 어찌 이미 정한 혼례 일을 연기하겠는가?"

하시고 즉시 정 한림의 모친에게 정열 부인 직첩과 교지(教旨)를 내려 보내셨다.

그 교지는 이러했다.

> 부인은 넓은 도량(度量)과 큰 덕(德)으로 이 같이 용모가 단아하고 기상이 높은 군자(君子)를 낳았다. 부인이 아들을 극진히 잘 기르고 잘 가르쳐 짐이 가장 신임할 신하요, 국가의 기둥과 들보 역할을 할 인재가

되게 하니 어찌 아름답다 하지 않겠는가?

그러므로 부인에게 정열 부인을 봉한다.

정수정에게는 한림학사 벼슬을 제수하였다.

또한 정수정을 우의정 김성필 딸의 배필로 정하였
으니 그리 알라.

이때 안씨 부인이 아들을 천릿길 그 머나먼 길에 보내고 주야
로 기다리고 있었다.

그런데 문득 관아에서 임금님이 보내신 직첩과 교지를 부인
에게 드렸다.

부인이 임금님 계신 북쪽을 향해 네 번 절한 후에 그 직첩과
교지를 받았다. 그리고 그것을 보고 임금님의 크신 은혜에 못내
축사하였다.

또한 아들 수정이 정혼한다 하니 그 기쁜 마음은 너무 커서
이루 말할 수 없을 정도였다.

이렇게 정 한림의 혼사는 예정대로 잘 진행되게 되었다.

드디어 정 한림의 혼례일이 되었다.

정 한림은 푸른 비단 관복 차림을 하였는데, 가슴에는 쌍학흉
배(雙鶴胸背)를 붙이고 허리에는 흑각대(黑角帶)를 띠었으며 머
리에는 오사모(烏紗帽)를 썼다. 그리고 손에 백옥홀(白玉笏)을

쥐었는데 한림원과 예문관의 서리 팔십 명과 형조의 서리 오십 명이 전후에 나열하고 섰다.

김 소저는 녹의홍상(綠衣紅裳)에 단장한 모습이 찬란하였다. 김 소저 주위에 앵무같은 시비 수십 명이 좌우에 옹위하여 교배석으로 나아와서 행례하는데, 그 모습을 보니 위의(威儀)가 매우 높고 지엄하여 이루 칭량하지 못할 정도였다.

혼례식을 다 마친 후 밤이 되어 정 한림이 신방에 들어가니 시비 등이 신부를 모시고 들어왔다. 정 한림이 잠깐 눈길을 들어 슬쩍 바라보니 짐짓 절대가인(絕代佳人)이었다.

이윽고 밤이 깊었다. 창 밖에 명월은 조요하게 비치고 방안의 화촉이 휘황하여 그윽한 분위기에서 정 한림이 김 소저의 옥수를 이끌어 취침하게 되었다.

그런데 정 한림이 오늘에 이르기까지 자신이 예전에 치른 위태로운 일들을 생각하니 심신이 자연 산란하여졌다. 그러니 혼인 첫날밤에 가질 정서와 회포에는 뜻이 없어졌다.

정 한림이 이러저러한 생각으로 잠을 이루지 못하고 전전반측(輾轉反側)하고 있었는데, 홀연 문 밖에 인기척이 느껴졌다. 정 한림이 미심쩍은 상황에 무슨 일인가 하여 창틈으로 살짝 엿보았다.

정 한림이 보니 어떤 놈이 눈서리같이 예리한 비수와 검을 들고 들어오고 있었다. 깜짝 놀란 정 한림이 미처 신부를 깨우지 못하고 급하게 병풍 뒤에 숨어서 살펴보았다. 칼을 든 그 놈이 방안에 들어와서는 이리저리 방황하는가 싶더니 신부의 머리를 베어버렸다. 그러고선 바람같이 날쌔게 나가는 것이었다.

이 모든 광경을 보고 있던 정 한림은 그 자리에 기절하여 거꾸러졌다.

김 소저는 칼에 죽고, 정 한림은 기절한 채 밤이 지나고, 이윽고 동방이 밝았다.

아침이 되어 해가 높이 떴는데도 김 소저가 나아오지 아니하니 정경부인이 괴이한 생각이 들어 시비로 하여금 신방에 가서 보게 하였다. 시비가 신방 문을 열어보니. 뜻밖에 신부의 머리가 베어져 있고, 유혈(流血)이 방안에 가득하였다. 그런 가운데 신랑은 병풍 뒤에 누워 있는 것이 보였다.

이를 본 시비가 깜짝 놀라서 신방을 뛰쳐나와 자신이 본 이 모든 상황을 정경부인에게 고하였다. 간밤에 신방에 있었던 사건을 알게 된 집안에서는 난리가 났다. 온 집안 전체가 놀라고 흥분하여 시끄럽게 법석거리며 곡성이 진동하였다. 이런 중에 갑자기 노복 등이 달려들어 정 한림을 결박하였다.

기절해 있다가 깨어나 결박당한 정 한림이 겨우 정신을 차리고 아무리 생각해 본들 그 실상을 어찌 알겠는가? 정 한림은 다만 하늘을 우러러 탄식할 뿐이었다.

우의정 김성필이 슬픔을 이기지 못하여 말했다.

"이 혼인은 나라에서 정한 것이다."

이렇게 말하고 바로 임금님 앞에 나아갔다. 김 승상은 온 얼굴에 눈물을 비 오듯 흘리며 이 사연을 임금에게 아뢰었다. 김 승상의 보고를 받은 임금이 한편으로는 크게 놀라고, 다른 한편으로는 크게 노하여 말했다.

"정수정의 행실이 이러할 줄 어찌 알았겠는가?"

하시며 정수정을 즉시 금부에 가두라고 명령하셨다. 그리고 백관에게 명하여 정수정을 국문(鞫問)하라고 하시었다.

임금이 이렇게 명하시니 여러 신하들이 관아에 자리를 차리고 수정을 잡아들여 무수히 국문하였다.

계속해서 신문을 받게 되니 정수정이 마침내 간곡히 이렇게 고하였다.

"소인에게 죄가 없다는 것을 천지신명은 아실 것입니다. 그러나 천지신명밖에 아는 분이 없사오니 제가 다시 더 아뢸 말씀이 없습니다."

정수정의 이러한 대답을 듣게 되니 국문하던 모든 벼슬아치들이 어떻게 더 할 수가 없어 이러한 사정을 임금님께 아뢰었다.

이를 들은 임금이 이 일이 혹시 김 승상 집안내의 문제로 일어난 사건인가 의심하시어 정수정을 계속 가두어 두고 한 달에 세 번씩 국문하라고 하셨다. 그래서 이렇게 하니 정수정이 갇힌 지 이미 칠 개월이나 흘러버렸다.

이러는 사이 김 승상이 조정에 들어가면 국사는 돌아보지 않고 다만 자신의 딸아이 원수 갚기만 임금님께 아뢰었다. 그러니 임금이 대답하기를 괴로워하시다가 어느 날에는 모든 신하들에게 명령을 내리셨다.

"금일은 관아에 자리를 잡고 정수정에게 엄하게 형벌을 내려 국문하라. 혹시 정수정이 다른 말로 아뢰거든 짐에게 알리고 만일 이전과 같은 대답만 하거든 즉시 처참하라."

임금이 이렇게 명하시니 모든 신하들이 임금의 명령을 받들고 국문할 자리를 차렸다. 그리고 정수정을 잡아 올려 임금님께서 말씀하신 내용을 전했다.

그러나 아무리 정수정을 백가지로 엄하게 형벌을 내리고 국문을 한들, 정수정에게는 점 하나만큼의 작은 죄도 없으니 어찌 다른 대답이 있을 수 있겠는가?

불쌍하고 가련하다!

정수정의 별 같은 눈에서 떨어지는 것은 눈물이요, 옥 같은 다리에서 흐르는 것은 유혈(流血)이라. 그 참혹한 정상은 차마 보지 못할 정도였다.

이렇게 심한 형벌을 받으며 국문을 받던 중에 정수정이 정신을 차려 생각해 보니 예전에 앞 못 보는 점쟁이에게 문복할 때 받은 그림 한 장이 기억에 떠올랐다. 그 점쟁이가 액을 면할 방법으로 그림을 그려 주면서

"세 번째 죽을 때를 당하거든 이 그림을 내어 놓으라."

고 했던 말이 생각났다.

정수정은 당장 그 그림을 꺼내어 올렸다. 국문하던 신하들이 정수정이 보여준 그림을 서로 보았다. 그러나 신하들이 보기에 그 그림의 뜻을 알 수가 없었다. 그래서 이 그림이 무엇인지, 무엇을 의미하는지 수정에게 물었다. 수정이 대답하기를

"저도 그 그림의 뜻을 알지 못합니다. 제가 이렇게 죄인으로 묶여 있는데, 그 뜻을 안다면 어찌 옥중에서 7개월이나 고생했겠습니까?"

하였다.

국문하던 관료들이 정수정이 제시한 그림을 아무리 보아도 그 의미를 알 수가 없었다. 모든 신하들에게 이 그림을 보여주고 해석할 수 있는지를 물었으나, 그 뜻을 아는 사람이 아무도 없어 임금님께 올렸다. 임금님께서도 보셨지만 또한 알 수 없다 하였다. 그래서 임금님께서 명하시길 장안 종로에 방을 써 붙여 그림의 뜻을 풀이할 사람을 구했다.

그럼에도 불구하고 이 그림의 뜻을 풀어낼 수 있는 사람이 나타나지 않았다.

임금님께서 그림 뜻을 풀 수 있는 사람이 한 명도 없다는 것에 더욱 진노하셔서 모든 신하들에게 명하셨다.

"죄인이 이런 괴이한 그림을 올린 것은 그것을 보고 국가가

의문을 품게 되면 행여 살려줄까 하는 의도일 것이니 어찌 요망하다 하지 않겠는가? 금일에는 결단코 죄인을 처참하라."

임금의 명을 듣고 모든 신하가 이 명령을 시행하도록 이르고 장차 정수정을 처참하려 하였다.

정수정은 자신이 처형을 받아 죽게 되었으나 이 사정을 어디 호소할 곳도 없어서 다만 하늘을 우러러 탄식할 뿐이었다. 당장 죽게 된 수정이 고향을 향하여 통곡하며 죽기만 기다리니 그 울음이 얼마나 곡진한지 장안 만민이 그 정경을 보고 눈물을 흘리지 않을 수 없었다.

이때 좌의정 이공필의 집이 금부 옆에 있었다.

어느 날 정경부인이 딸아이를 데리고 후원에 올라 금부에서 정수정의 범죄 사건을 처리하고 집행하는 것을 구경하고 있었다.

정경부인이 정수정이 처형 받게 된 상황을 보고 말했다.

"불쌍하다. 누가 능히 저 죄인을 살려낼 수 있겠는가?"

부인이 하는 말을 듣고 소저가 곁에 있다가 여쭈었다.

"저 범죄 사건은 국가에서 해결하지 못할 큰 일이 아닙니다. 그런데도 세상 사람들이 다 귀가 막히고 눈이 어두워 흑백을 가리지 못하는 것이오니 이 어찌 한심하지 않겠습니까? 소녀가 비록 규중에나 머무는 연약한 여인이오나 공평하고 정대한 말씀으로 국가 대사인 이 문제를 한번 밝혀보고 싶습니다."

딸이 하는 말을 듣고 부인이 깜짝 놀라 말하였다.

"네가 어찌 흑백을 분별하겠느냐? 감히 망령된 말을 입 밖에 내지 말거라."

부인이 하는 말을 듣고 소저가 또 말씀을 여쭈었다.

"어머니께서는 염려하지 마옵소서."

소저는 어머니께 이렇게 말씀드리고 시비를 불러 일렀다.

"너는 빨리 금부에서 국문하시는 관리께 가거라. 그리고 그분 앞에 나아가 나의 전갈을 아뢰도록 하여라."

이렇게 말하며 시비에게 준 전갈의 내용은 다음과 같았다.

저는 규중에 있는 일개 여자입니다.

규중 여자로서 제가 정정한 덕과 얌전한 태도를 지키는 것이 당연할 것입니다.

그러하기에 국사에 참여하여 당돌히 의논하는 것이 규중 여자로서 할 도리는 아닐 것입니다.

그러나 옛글에 이런 말이 있습니다.

'천하는 한 사람의 천하가 아니요, 천하 사람의 천하이다.'

이 말씀으로 보면 나라에서 법을 내신 것은 천하 사람을 위한 것입니다.

그런 고로 한 사람을 죽인다 해도 한 나라의 사람들이 모두 죽이는 것이 옳다고 인정한 연후에 죽이는 것입니다. 이는 모름지기 국법이 지공무사(至公無私)한 것이기 때문일 것입니다.

한 사람이라도 잘못 내린 형벌을 받아 억울한 죄를 받게 되면 만민이 다 원통하다고 말합니다.

제가 비록 규중에 있는 처지이오나 조상 대대로 국록지신(國祿之臣)이었던 집안의 딸이오니 저 또한 나라의 신하라고 할 수 있습니다.

나라의 신하가 되어 임금을 위하는 것은 남자나 여자나 마찬가지일 것입니다.

어찌 규중 여인으로서의 입장만 지키고 나라의 중요한 일에 참견하지 아니하여, 만민의 원통함이 임금님께 돌아가게 하겠습니까?

이번 살인 범죄 사건으로 말씀드리자면 그 사람의 죄의 유무를 규중 여자로서 어찌 알겠습니까? 그렇지만 제가 들어보오니 그 죄인이 무슨 원정을 올렸다 하는데, 이는 반드시 실마리가 있는 일임을 말해 주는 것입니다.

그 뜻을 널리 물어 흑백을 분별하오면 첫째는 임금님의 넓으신 은덕이 될 것입니다. 둘째는 죄의 유무를 밝히는 것이 신하된 자로서 당연히 해야 할 직분입니다.

엎드려 바라건대 여러 존공께서 그 원정을 다시 밝

히시어 원통함이 없게 하옵소서.

시비가 이 전갈을 받들고 금부에서 국문하는 자리에 나아갔다. 나졸을 헤치고 들어가 소저의 전갈을 아뢰니 당상에 앉았던 모든 관리들이 크게 놀라

"이 같은 여인은 만고(萬古)에 없을 것이다."

하며 무수히 칭찬하였다.

이때 이공필이 국문하는 자리에 참여하고 있었다.

자신의 딸아이가 전갈을 보냈다는 것을 듣고도 안색이 조금도 변하지 아니하였다.

이를 본 좌우의 모든 신하들이 칭찬하면서 그 까닭을 물었다.

이공이 대답하기를

"내가 늦게야 딸 아이 하나를 두었습니다. 그 딸이 잘 성장하여 요조한 태도와 고결한 덕행을 잘 갖추고 충신열사(忠臣烈士)의 절행을 겸하였습니다. 제가 보니 제 딸아이가 규중에서 매양 기특한 일을 많이 하였습니다. 그러하지만 제 딸아이의 일이기에 다른 사람에게 굳이 말하지 아니 하였습니다. 평소에 제 딸아이의 행실을 생각하면 이런 일을 충분히 할 수 있는 덕을 갖고 있다 할 수 있을 것입니다. 그렇지만 딸아이가 오늘 이러한 말을 할 줄은 어찌 알았겠습니까?"

조정의 모든 신하들이 소저가 보낸 전갈을 두고 상의하였다.

"그 소저가 이렇게 전갈을 보낸 것은 반드시 아는 것이 있기 때문일 것이오. 그러니 소저에게 회답하여 이 살인 사건을 해결하도록 합시다."

조정에서 이렇게 의논하고 즉시 소저에게 답을 전갈하였다. 그 내용은 이러하였다.

천고에 드문 말씀을 듣사오니 마음이 다 훤히 밝아집니다. 뿐만 아니라 국가에는 한층 더 밝은 빛이 나아오는 것 같습니다.

낭자께 그 감사한 말씀은 이루 다 전하지 못하겠습니다.

이번 이 살인 사건을 시급히 판결하고 조처를 해야 할 것입니다.

낭자의 말씀대로 천하의 지공무사한 국법을 한번 굽히면 임금과 용렬한 신하들이 다 그른 데로 돌아갈 것입니다.

그러니 어찌 삼가고 두려워하지 아니하겠습니까?

또한 낭자의 말씀에 이르기를 대대로 나라에 은혜를 입어 갚기가 망극하다 하오니 그 마음이 느껴집니다. 그러하니 어찌 규중의 여인이라고 수치를 연연하여 임금께서 좋지 않은 상황에 이르도록 하겠습니까?

원하건대 낭자는 바삐 밝히 가르쳐 임금님의 근심

을 덜게 하시고 죄인의 원망이 없게 하옵소서.

　이같이 용렬한 조정 신하들의 부끄러움이야 어찌
다 말씀하오리까?

시비가 이 전갈을 가지고 돌아와 있었던 일의 상황을 소저에
게 고하였다.

소저가 이 말을 듣고 다시 전갈하였다.

　지공(至公) 지정(至正)한 국법을 어찌 규중 여자로
서 당돌하게 결정하고 처리하겠습니까?

　그러하오나 만일 저로 하여금 이 사건을 밝혀 처리
하고 결정하도록 허락하신다면 국문하시는 장소 옆
에 장막을 만들어 주십시오.

　그곳에 저를 부르시면 제가 한번 공사청에 나가기
로 결단할까 하나이다.

시비가 또 그대로 소저의 전갈을 조정의 신하들에게 아뢰었
다. 소저의 말을 전해 듣고 즉시 나졸을 명하여 대청 뒤에 장막
과 병풍을 둘러쳐 소저가 요청한 장소를 만들었다.

그리고 소저를 청하여 불렀다.

소저가 수십 명의 시비를 데리고 교자에 올라 완완히 나아가

소저를 위해 만든 장소에 들어가 앉았다. 그리고 죄인이 제시한 원정을 올리라 하였다.

나졸이 소저에게 그림 한 장을 가져와 올렸다.

소저가 이윽히 보다가 나졸을 불러 말했다.

"너는 김 승상 댁에 가서 집안에 있는 노비들의 문서를 받아오라."

나졸이 소저의 명을 받고 김 승상 댁으로 가서 노비 문서를 달라 하니 김 승상이 그 곡절을 모르고 노비 문서를 내어 주었다.

나졸이 김 승상 댁 노비 문서를 받아 순식간에 돌아와서 소저께 드렸다.

소저가 김 승상 댁 노비 문서를 받아 보더니 두어 글자를 써서 봉투에 넣고 국문하는 장소에 보냈다. 그러면서 다음과 같이 하도록 당부했다.

"바삐 신실한 관원과 건장한 나졸들을 정하여 김 승상 댁으로 보내소서. 그리고 이 봉서를 가지고 가서 김 승상 댁 근처에 가서 떼어 보게 하옵소서."

국문하던 관리는 소저가 한 말대로 관원 한 명과 나졸 수십 명을 명하여 김 승상 댁으로 보내었다. 관원이 봉서를 가지고 김 승상 댁 근처에 가서 떼어보니 다음과 같이 적혀 있었다.

김 승상 댁 노비 중에 '백황죽'이라 하는 놈을 탐문하여 잡아오라.

봉서 안의 내용을 확인한 관원이 김 승상 댁 문 안에 들어가 한 아이에게 물었다.

"이 댁 노비 중에 백황죽이 어디 있느냐?"

그 아이가 대답하기를

"지금 대감의 침소에서 수종을 들고 있나이다."

하니 다시 묻기를

"백황죽은 이 댁 노비인데 어찌 대감의 수종을 들고 있는가?"

하였다. 그 아이가 관원에게 대답하기를

"백황죽은 본래 인물이 비범하고 다른 이들보다 총명이 뛰어나 대감께옵서 총애하셔서 수청을 하도록 정하였나이다."

하였다.

관원이 나졸을 명하여 사랑방에 들어가 그 놈을 잡아내었다. 그리고 그 노비를 결박하여 돌아와 잡아온 이야기를 소저께 고하였다. 소저가 나졸에게 분부하였다.

"그 놈의 호패를 올리라."

하니 나졸이 즉시 잡아온 놈의 호패를 떼어 올렸다.

소저가 받아보니 과연 백황죽이라고 되어 있었다.

소저가 이를 확인하고 국문하는 관리에게 다음과 같이 전갈하였다.

대저 부부의 의는 사람마다 매우 소중한 것입니다.

정 한림은 당초에 김 소저와 부부의 의를 맺었습니다.

혼인식을 올리고 두 사람이 첫날밤을 맞는 것은 소년 남자와 청춘 여자의 기상이 합해지는 것입니다. 부부의 의를 맺은 두 사람의 만남은 원앙이 짝을 만나고 봉황의 암컷과 수컷이 부르는 것 같아서 그 깊은 정이 비할 데가 없을 것입니다.

하물며 정 한림은 저 멀리 시골에서 성장하였고, 김 소저는 서울의 양반 가문의 깊은 규방에서 성장하였으니 무슨 은혜나 원수가 있을 리가 없습니다. 그러니 정 한림이 김 소저를 죽였겠습니까?

이는 반드시 정 한림이 아니라 김 소저로 인해 생긴 일입니다.

김 소저의 행실이 부정하여 그 놈과 더불어 통간하였던 것입니다.

문제는 김 소저가 혼인을 하게 되어 김 소저와 그 놈이 영영 이별하게 된 것이지요. 저 불측한 놈은 격렬한 정과 분한 마음을 이기지 못하여 삼경(三更) 깊은 밤에 칼을 끼고 들어가 김 소저를 죽였습니다. 그 놈이 정 한림을 죽이지 못한 것은 정 한림이 그날 밤에 병풍 뒤에 은신하였기 때문입니다.

정 한림이 혼자 은신하여 화를 피할 수 있었던 것은 신부는 잠을 자고 있었으나 정 한림은 자지 않고 있었기 때문입니다. 정 한림은 잠에 들지 못하고 있다가 문 밖에서 인적이 있음을 알고 괴이한 생각이 들어 재빨리 숨었습니다. 그런데 정 한림만 홀로 몸을 숨긴 것은 어떤 놈이 칼을 들고 들어온 것이 순식간이어서 미처 신부를 깨울 수 없었기 때문입니다.

정 한림은 혼자 병풍 뒤에 숨어서 방에 들어온 놈이 신부를 죽이는 광경을 보고 기절하였습니다. 이는 정 한림이 덕행이 높고 어진 군자의 불인지심(不忍之心)을 가졌기 때문입니다. 또한 정 한림이 자신이 죄인이 아니라고 변명하지 못했던 것은 그때 증거가 없었기 때문입니다.

정 한림이 속절없이 죽게 되었을 때에 원정을 올렸으나 그 뜻을 몰랐습니다. 왜냐하면 정 한림이 예전에 문복할 때 앞 못 보는 점쟁이가 신수 불길하다고 말하였고, 액을 막을 방도로 그림 한 장을 만들어 주면서 '죽을 때를 당하게 되면 이것을 올리라.'라고만 하였지, 그 뜻은 가르치지 아니하였기 때문입니다. 그러니 정 한림이 그 그림의 뜻을 어찌 알겠습니까?

그러나 이 그림의 뜻을 알기는 쉽습니다. 그 놈의

성명을 그림으로 비유하여 흰 종이에 누런 대나무를 그렸으니 이는 바로 '백황죽(白黃竹)'을 뜻하는 것입니다. 어찌 이만한 것을 밝히지 못하겠습니까?

백황죽 이놈을 국문하면 자연 이 모든 것을 알 수 있을 것입니다.

이후에라도 이러한 범죄 사건을 보게 되면 살피고 살펴 원성이 없게 하옵소서.

이곳은 공사청(公事廳)입니다. 여자의 몸으로 오래 머물지 못하기로 돌아가오니 자세히 문초하여 밝히시고 판결하여 처리하옵소서.

이와 같이 알리고 이 소저는 시비를 데리고 교자에 올라 본집으로 돌아왔다.

당상에 있던 모든 신하들이 이 소저가 가르치는 말을 들으니, 소저가 가르치는 바가 밝고 선명하여 마음에 환하게 깨달음이 왔다.

소저가 알려준 대로 바로 백황죽을 잡아 올려 엄한 형벌로 국문하였다.

백황죽이 추호도 속이지 아니하고 바로 실토하였다.

"하늘이 무심하지 아니하시어 저의 모든 죄상이 이미 탄로되었사오니 제가 어찌 감히 속이겠습니까? 작년에 소인의 나이가 십팔 세였습니다. 춘삼월(春三月) 망간(望間)에 삼경 깊은 밤이 되었을 때입니다. 밝은 달이 하늘에 떠 있고 춘풍은 가득하여 동편 정원의 복숭아꽃, 자두꽃이 잠시 잠깐 지나가는 봄을 생각나게 하였습니다. 사람 없는 산속에 비치는 밝은 달과 두견새 울음소리는 소인의 춘흥을 돋우었습니다. 저는 봄기운으로 인해 호탕해진 미친 마음을 견디지 못하여 밖으로 나왔습니다.

밖으로 나온 소인은 아름다운 달빛을 구경하며 층층이 놓인 꽃밭을 배회하고 있었습니다. 그러는 중에 보름날 휘영청 달 밝은 날 밤 삼경(三更)에 은은한 거문고 소리가 바람을 좇아 들리는 것이었습니다. 이러한 상황에서 꽃을 탐하여 날아다니는 나비가 어찌 불을 두려워하겠습니까?

마음이 더욱 호탕해진 소인이 그 거문고 소리를 따라 가 보았습니다. 거문고 소리를 따라 담을 넘어 들어가게 되었습니다. 거문고 소리는 연당(蓮塘) 쪽에서 나고 있었습니다. 연당 앞에 가서 보니 등촉이 휘황하고 아름답게 꾸민 방에서 꽃같이 어여쁜 소저가 거문고를 연주하고 있었습니다. 그 소저는 칠현금을 무릎 위에 놓고 섬섬옥수로 가느다란 명주 줄을 골라 연주하고 있었습니다. 거문고를 연주하며 달빛을 희롱하듯 노래 가사를 읊었습니다.

사마상여가 탁문군을 만나려고
봉황곡을 다움다가
인하여 거문고를 밀쳐 놓고
화류(樺榴)로 만든 책상을 대하고서
시경(詩經)을 읊었으니
'들에서 잡은 노루이거늘 하얀 띠로 포장하였도다.
봄을 품은 아가씨가 있으니 꽃미남이 유혹하는도다.'

이런 노래를 하는 것이었습니다. 소인도 약간 글자를 배웠기에 노래에 담긴 의미가 무엇인지 알 수 있었지요. 그 노래는 여인의 춘정이 무르녹아 남자를 생각하는 뜻이라는 것을 알고 있었기 때문에 사창(紗窓)을 열고 들어갔습니다.

갑자기 들어온 사내를 보고 그 소저가 처음에는 부끄러워하는 체하였습니다. 그러나 나중에는 암말이 네 굽을 치듯 뜨거운 감정에 휩싸이는 태도를 보였습니다. 소인이 거문고 곡조와 시경을 풀어 그 뜻에 화답하여 춘흥(春興)을 돋우었더니 그 소저가 과연 흔연히 기쁜 마음으로 따랐습니다.

그래서 소인과 소저는 그날부터 운우지정(雲雨之情)을 이루어 낮이면 서로 이별하고 밤이면 서로 만났습니다. 우리 두 사람의 즐거운 정은 꽃 속에서 춤추는 나비같이, 물속에서 넘노는 고기같이 충만하고 깊었습니다.

이렇게 쌓인 정이 더욱 깊어지니 서로 약속하기를 모일(某日) 모야(暮夜)에 가벼운 보물들을 챙겨 싸 가지고 도망하여 백년해로하고 천년 동락(同樂) 하자 하였습니다. 그러다가 약속한 날이 되었는데 소저가 이리저리 핑계를 대고서는 저와 도망하기를 실행하지 않았습니다.

오히려 그러는 사이에 소저는 다른 사람과 정혼하여 그 사람과 부부 사이를 맺어 화락한 즐거움을 가지려 하였습니다. 그러니 소인이 어찌 정신을 잃고 정처 없이 헤매지 않겠으며 제 속의 분노한 심정을 이길 수 있겠습니까?

저는 혼인날 삼경 깊은 밤에 비수를 갖고 신방으로 들어갔습니다. 그런데 방안에 가 보니 신랑은 간 데가 없고 신부만 누워 있었습니다. 북받치는 감정에 신부를 죽였사오니 소인을 바삐 죽여 국법을 밝히옵소서."

이 모든 이야기를 들은 신하들이 괴이하게 여겨 즉시 김 승상을 청하여 불러 앉혔다.

그리고 또 다시 백황죽을 국문하여 전후사를 낱낱이 김 승상 자신의 귀로 듣게 하였다.

김 승상이 백황죽의 고백을 듣고서는, 부끄러움을 이기지 못하여 눈도 뜨지 못하고 노복을 불러 황황히 집으로 돌아갔다.

국문한 신하가 범인의 범죄사실에 대한 진술 기록을 임금님께 받들어 아뢰니 임금이 크게 놀라고 기뻐하셨다. 특히 이 소저의 지혜와 능력을 못내 칭찬하시고 이공필을 부르셔서 무수히 칭찬하셨다. 그리고 호조에 명을 내리셔서 비단 삼백 필과 황금 오십 양, 그리고 백금 오십 양을 상으로 주시었다.

한편으로는 정수정을 불러들여 위로하셨다.

"과인이 사리에 어두워 무죄한 경을 칠 개월이나 옥중에서 고생하게 하였으니 다시 대할 낯이 없도다."

하시고는 정수정에게 형조참판을 제수하셨다.

정수정이 임금의 이러한 위로를 받고 그 크신 은혜에 못내 축사하며 말했다.

"이는 다 신의 불충(不忠)한 죄요, 팔자소관이오니 누구를 원망하겠습니까?"

임금은 또 백황죽과 김 승상에 대한 처분을 명하셨다.

> 백황죽은 능지처참하고 김성필은 삭탈관직(削奪官職)하여 문외 출송(門外黜送)하라.

이렇게 정수정의 사건이 모두 잘 해결되었다. 이때 장안에 불리는 동요가 있었는데, 제목은 시원가였다. 그 노래는 이러하다.

> 시원하고 상쾌하다.
> 정 참판의 일이로다.

신명하고 기특하다.

이 소저의 지감이여!

만고에 드물도다.

부정하다, 김 소저의 행실이여!

만 번 죽어 마땅토다.

불측(不測)하다, 백황주의 죄상이여!

능지처참 면할쏘냐?

무안하다, 김 승상이여!

삭탈관직 부끄럽다.

만조백관 무엇 할꼬?

일개 여인 이 소저를 당할쏘냐?

계명산 추야월에 장자방이

옥퉁소로 팔천 병을 흩었던들

여기서 더할쏘냐?

융준용안(隆準龍顔)한 고조가

적소검으로 초패왕을 베었던들

여기서 더할쏘냐?

아내에게 염치없던 소진이

산동육국을 달래어

육국상인(六國相印) 허리에 빗기 차고

금의환향(錦衣還鄕) 하였던들

여기서 더할쏘냐?

한광무의 용검 빌어

역적 왕망을 베었던들

여기서 더할쏘냐?

초한 명장 한신이

회음성 아래 표모에게 밥 얻어먹고 낚시질하다가

일대 명장이 되었던들

여기서 더할쏘냐?

상쾌하고 시원하기 청량 없다.

이때 임금님께서 이 범죄 사건을 판결, 처분하신 후에 좌의정 이공필을 부르셔서 말씀하셨다.

"과연 이 혼인을 중매하는 것이 부끄러운 바이나 경의 여아와 정수정은 천상배필이라. 이제 결혼함이 어떠한가?"

이공필이 아뢰기를

"신이 당초부터 합의하였사오나 아시다시피 김성필 집안의 일이 그렇게 되었사옵나이다. 게다가 이번 사건의 전모가 밝혀지고 처분이 내려진 뒤에는 더욱 송구하여 다시는 입을 열지 못하게 되었나이다."

하였다. 임금이 웃으며 말씀하셨다.

"그럴수록 하늘이 맺어준 연분이니 어찌 허물하겠는가? 과인이 혼인을 주선하겠노라."

임금님께서 이렇게 말씀하시고 즉시 정혼하여 좋은 날을 가려 정하도록 하니 이월 초 구일이었다.

이러구러 길일을 당하니 임금님께서 정 참판의 혼인 도구를 스스로 맡으시고 혼례를 올리도록 하셨다. 혼인날 신랑 신부를 보니 그 위의가 대단했다. 일위 소년이 금 안장 놓은 훌륭한 말에 높이 앉아 푸른 비단 관대를 입고 사모는 눌러 쓰고, 각대를 띠었다.

수양버들 속 수많은 집들에서 청홍개가 보였다. 장악원 풍류 소리는 원근에 잦아지고 정원의 서리는 좌우에 옹위하여 신랑이 초례청에 완완히 나아갔다. 그 모습은 천상의 선관이 반도(蟠桃)를 받들고 허리를 반만 굽혀 옥경에 들어가는 듯, 봄바람 부는 이월에 온갖 꽃은 만발한데 나비들이 너울너울 춤을 추는 듯, 푸른 바다에 있는 청룡이 먹장구름 속에서 구르는 듯하였다.

신부의 모습을 볼 것 같으면 머리에 화관을 쓰고 몸에 칠보로 장식한 복장이 찬란하였다. 시비 등이 전후에서 신부를 옹위하여 나아오니 이른 바 요조한 숙녀가 군자의 좋은 짝이 되는 모습이었다.

혼례를 마친 후에 정 참판이 사랑에 나아와 장인과 같이 앉아 칠 개월 동안 고생하던 이야기를 주고받으며 새삼 지나간 일들을 기억하며 신기하게 여기었다.

이날 밤에 참판이 신방에 들어가 신부를 영접하는데, 눈을 들어 잠깐 살펴보았다.

신부는 정정한 태도를 지니고 있었으며 연연한 얼굴에는 봄날의 화창한 기운이 나타났다. 활달한 기상이 은은히 드러나 짐짓 여중군자요, 규중호걸이라 할 만했다.

정 참판이 신부를 대하니 문득 자신을 다시 살게 해 준 은혜가 생각나서 그저 앉아 있을 수가 없었다. 어떻게든 그 은혜에 감사를 표하고 싶어, 정 참판은 일어나 제대로 예를 갖추어 신부가 된 이 소저에게 절을 올렸다. 그리고 말했다.

"소저의 밝으신 소견이 아니었다면 소생의 실낱같은 잔명을 어찌 보존할 수 있었겠습니까? 소저가 없었다면 제가 세상을 다시 구경할 수 있었겠습니까?"

신랑의 인사에 소저가 수줍어 어찌할 줄 몰라 하는 얼굴빛으로 가는 목에 고운 소리로 말했다.

"군자께서는 어찌 이러한 말씀을 하십니까? 제가 한번 규문 밖에 나아가 국사를 의논한 것은 대대 국록지신의 딸로서 국은이 한이 없음을 마음에 늘 생각하고 있었기 때문입니다. 그런데 국법이 손상하게 됨을 보고 그저 있을 수가 없었습니다. 그리하여 일시의 부끄러움을 돌아보지 아니하고 평생에 들도 보도 못하던 남자를 위하여 그렇게 하였던 것인데 군자께서 저에게 이렇게 칭찬하시니 저의 부끄러움이 더할까 하나이다."

참판이 그 말을 들으니 그 의로운 뜻이 더욱 활달하게 느껴졌다. 참판이 무수히 사례하고 이야기를 나누다가 우연히 벽 위를 잠깐 바라보니 자기가 당초에 예기치 못한 곳에 들어가 죽게 되었을 때 지은 영결시가 역력히 붙어 있는 것이었다.

마음에 괴이하다는 생각이 들면서도 지극한 슬픔이 밀려와 정 참판이 눈물을 금할 수 없었다.

소저가 그 거동을 보고 이상하여 물었다.

"군자는 무슨 소회가 있어 오늘 동방화촉(洞房華燭)을 두고 신부를 대하고서는 눈물을 흘리시나이까?"

참판이 대답하기를

"세상에 괴이하고 측량치 못할 일도 있습니다. 저 벽에 붙은 글을 보니 저절로 제 마음이 시름으로 가득 차 정신이 어지러울 정도입니다."

하였다. 참판의 말을 듣고 소저가 별로 좋지 않은 내색을 하며 말했다.

"그 글이 아무리 슬프다고 한들 대장부가 어찌 아녀자 앞에 앉아서 눈물을 흘리겠습니까?"

참판이 대답하기를

"천생의 팔자가 기구하여 위험한 지경을 무수히 겪은지라 저런 글을 보면 저절로 슬픔이 솟구칩니다. 그런데 부인은 저 글이 어디서 나서 저기 붙였습니까?"

하였다. 소저가 참판의 말을 듣고 말했다.

"세상 사람이 다 외워서 전파하기에 제가 얻어서 붙인 것입니다. 그런데 군자께서는 무슨 연고로 저 글의 출처를 자세히 물으시는 것입니까?"

참판이 그제야 자신에게 있었던 일의 전후사연을 낱낱이 말하였다.

소저가 참판이 하는 말을 듣고 너무나 놀라 아연실색하며 말했다.

"그러면 군자께서 죽을 지경에 당했을 그때 그 처자가 이별하면서 무엇을 주었습니까?"

참판이 대답하기를

"다만 은자 서 되를 비단보에 넣어 주었소. 그 은자 덕분에 잔명을 보존하였습니다."

하였다. 소저가 참판의 말을 듣고 그제야 자신이 예전에 하룻밤 보내고 은자를 주었던 그 수재가 오늘 밤의 낭군인 줄 알았다. 소저가 달려들어 참판의 손을 잡고 외쳤다.

"군자께서는 첩을 모르시겠습니까? 제가 그때 그 소저입니다. 천지신명이 도우시어 죽었던 군자가 다시 살아났으니 어찌 즐겁지 아니하겠습니까?"

참판도 또한 그때서야 그 소저가 오늘의 신부가 된 낭자인 줄 알고 한편으로는 놀라고 한편으로는 기뻐하며 어찌할 줄을 모르고 있었다. 그러다가 시간이 좀 지나서야 정신을 차리고 말했다.

"이것이 꿈이냐 생시냐? 죽어서 영원히 이별할 줄 알았던 이 몸, 거의 죽은 것이나 다름없는 이 몸이 요행으로 다시 살아나서 날이 오래되고 달이 깊어 갈수록 낭자 생각이 간절했소이다. 자나 깨나 오로지 낭자 생각뿐이었었는데 천우신조(天佑神助)하시어 이제 연평의 칼이 두 번 합하고 낙창 공주의 깨어진 거울이 다시 합한 것 같이 되었습니다. 이 어찌 희한하지 않겠습니까?"

정수정과 이 소저 두 사람이 희희낙락(喜喜樂樂)하며 함께 침소에 드니 그 비밀한 정이 비할 데가 없었다. 밤새도록 서로 생각하며 그리워하던 정을 이야기하며 낭자가 심중에 생각하기를

'낭군을 죽였다가 다시 살려 낭군으로 삼았으니 남편이 죽을 수를 도액하였구나.'

하고 즐거움을 이기지 못하였다.

날이 밝으니 소저가 일어나 두 분 부모님께 이 사연을 고하였다.

이 승상 부부가 이 모든 이야기를 듣고 크게 놀라면서도 크게 기뻐하여 무릎을 치며 말했다.

"이는 만고에 드문 일이구나."

집안의 노복들도 또한 이 말을 듣고 너무나 놀라고 너무나 기뻐했다.

정 참판이 예전에 자신을 태운 교자를 메고 다녔던 노복을

불러 말했다.

"너희들이 나를 데리고 다니느라고 수고가 많았구나."

하고 은자 열 양씩 상으로 주었다.

특히 그 중에 늙은 종을 불러 고마운 마음을 전하며 말했다.

"네가 아니면 내가 어찌 살았겠는가?"

하시며 은자 오십 양을 특별히 상으로 주었다. 그러면서

"이것이 약소하나 이것으로 내가 다시 살게 된 은혜를 갚는 것이다."

하고 또 은자 오십 양과 비단 세 필을 주며 말했다.

"이것은 상전을 속인 죄로 주는 것이니 그리 알아라."

하였다.

정 참판이 혼인식을 올린 후 임금님께 나아가 아뢰었다.

"신이 집을 떠나온 지가 거의 수년이나 되었습니다. 그러하오니 잠깐 고향에 내려가 연로하신 어머니를 뵙도록 허락하여 주옵소서."

하니 임금이 말했다.

"경이 영화롭게 고향에 돌아가니 기쁘기가 칭량할 수 없을 정도이다. 그러하나 경은 과인의 수족 같은 신하이니 오래 머물지 말고 속히 올라오라."

하시고 겸하여 정 참판에게 경상 감사를 제수하시었다.

임금께서 또한 위의를 갖추어 궁궐 풍악을 울리게 하셨다.

참판이 천은을 축사하고 물러나와 장인 내외께 하직하고 또한 소저와 작별하고 길을 떠났다.

참판이 어머니 뵈러 가는 행차에 감사 인사로 드릴 물품과 기구를 실었다. 그리고 각 읍에 참판 행차 공문을 보내 놓고 운학동으로 내려가니 온갖 풍악소리는 만첩강산을 흔드는 듯하였다. 팔십 명 나졸이 참판의 전후에 나열하여 옹위하였으니 도로에 구경하는 사람들 중에 칭찬하지 않는 이가 없었다.

떠난 지 여러 날 만에 참판 행렬이 본가에 도착하였다.

참판이 먼저 사당에 들어가 알현하니 부친 생각이 간절하였다. 눈물이 흘러 관대를 적셨다. 그리고 참판이 모친 앞에 나아가 뵙고 인사를 올리니 부인이 일희일비(一喜一悲)하여 눈물을 흘리셨다. 부인이 참판의 손을 잡고 말하였다.

"네가 어찌 이리 더디게 왔느냐? 네가 죽었는가, 살았는가 하며 얼마나 걱정했는지 모른다. 주야로 눈물이 마를 때가 없더니 이제 임금의 은덕을 입고 금의환향(錦衣還鄉)하였구나. 이렇게 모자가 상봉하니 반갑기 칭량할 수 없구나."

하시고 무수히 칭찬하시니 참판이 모친께 그 사이에 있었던 일을 고하였다. 처음에 보쌈이 되어 이 소저 집에 들어갔다가 천행으로 살아난 말씀이며, 등과한 후 김 승상의 딸과 혼인하였다가 첫날밤에 불측한 변을 당한 말씀이며, 칠 개월을 옥중에서 고행하던 말씀을 낱낱이 말씀드리니 부인이 크게 놀라면서도 크게 기뻐하며 말씀하셨다.

"이 소저가 아니었다면 죽을 뻔하였구나."

이렇게 참판과 모친이 서로 만나 회포를 풀고 이튿날이 되어 참판이 선산에 하직 인사를 올렸다. 그리고 참판이 모친을 모시고 감영에 이르러 선화당에 도임하였다. 참판이 인, 의, 덕, 화로 수령의 선악과 백성의 억울한 형벌을 밝히 다스리니 거리거리에 선정비를 세워 송덕하였다.

정수정이 감사로 도임한 지 불과 수개월 만에 나라에서 이조 판서로 부르셨다. 감사가 즉시 모친을 모시고 경성에 올라가 임금님을 알현하였다.

임금님께서 이 판서의 손을 잡으시고 수개월 동안 보지 못한 정회를 말씀하시고 장안에서 제일 좋은 집을 정하여 내려주셨다. 판서가 하늘같은 임금의 은혜를 축사하고 물러나와 모친을 나라에서 내린 집에 모시었다.

이조판서 된 정수정이 이 승상 집에 나아가 장인 부부를 뵈오니 승상 부부가 못내 기뻐하시었다. 소저가 침소에 나아가 판서를 반가이 상대하여 그 사이에 그리던 정회를 자세히 이야기하고 즉시 특별한 예를 차리어 모부인께 현알하였다. 정렬부인이 이 소저의 손을 잡고 아들을 다시 살게 해준 은혜를 못내 치하하시며 기쁨을 이기지 못하였다.

이때 임금이 모든 조정의 신하들을 모아 국사를 의논하시는데 정 판서를 불러 말씀하셨다.

"모든 조정 일, 일의 크고 작음을 무론하고 경에게 맡기나니 경은 착한 도와 곧은 말로 과인을 가르쳐 도우라."

하시니 판서의 명망이 국왕에 비길 만하였다.

이러구러 세월이 여류하여 정수정 부부가 삼남 일녀를 두었다. 아들들은 모두 부모의 풍도를 닮아 소년 등과하여 명망이 조정에 가득하고 권세가 일국에 제일이었다.

아름답다, 정수정이여!
초년 팔자가 지극히 흉참하다가
후반의 신수는 대길하여
부귀영화를 대대로 누리니
이러한 사람은 천하에 드물다.
이 소저는 여자임에도
그 지혜와 능력이 보통 사람과 달라
낭군을 죽였다가 다시 살렸으니
이러한 일은 고금에 없을 듯하다.

어떤 어머니든 말할 것도 없이
일개 남자 아이를 탄생하여 길러낼 때

일 년 열두 달 다 지나도 무병하고

육칠 월 외같이 붓듯하여 명도 길고 복도 많으면

그 아니 좋을쏘냐?

그러하나 인생 십오 세에

아예 놀기 어려워 무슨 글을 읽었던가?

천자유합, 동몽선습, 사략통감, 맹자, 논어, 중용, 대

학, 시전, 서전, 주역, 백가어를

모두 다 훤히 통하여 모르는 것이 없게 하였다.

그런 후에 서울에서 과거를 본다는 말을

바람 풍편에 언뜻 듣고 과거 행장 차린다.

한산 세모시, 청도포에 흑사대를 늘러 띠고서

산나귀 순금 안장에 호피 돋움을 지어

선뜻 올라 한양성을 바라보고 올라간다.

하루 이틀 삼사일에 남대문에 들어가

장중 기제 차려

춘당대에 들어가 글제를 기다린다.

무슨 글제를 내었더냐?

봄 춘(春) 자, 바람 풍(風) 자 번듯하다.

시지를 펼쳐 놓고

양주 사기 연적에 물을 넣어

남포 수침석 벼루에

부용당 먹을 석석 갈아

대황모 무심필로 일필휘지하여

상시관께 올리니 시관이 보시고

"어허, 그 글 더욱 좋다! 구구(句句)이 관주(貫珠)요,

자자(字字)이 비점(批點)이라."

하신다.

알성 급제도 장원을 제수하여

다음날 과거 급제자의 방이 붙었구나.

어주 삼배 받아먹고,

장안 대도 상에 삼일유과 돌고 본집으로 내려온다.

칠패, 팔패 얼른 지나

상유천, 하유천 순식간 지나올 제

양대봉은 걸어오고 일산봉은 춤을 춘다.

산에 올라 소분하고,

들에 내려 홍패 받아 집에 오는구나.

저 방자 놈 거동 보소.

'한림 여쭈! 한림 여쭈!' 하는 소리.

나라에 충신이요, 부모에 효자로다.

그 아니 좋을쏘냐?

글랑 절랑 다 버리고 농사 한 철 지어보세.

물이 출렁 수답이요, 물이 말랐다 건답이라.

무슨 벼를 심었더냐?

경상도에 사발벼요, 전라도에 대초벼요.

백수풍진(白首風塵) 노인벼요, 일락서산 접근 벼네.

두렁콩을 심었으니

이팔청춘 청태콩과 올록볼록 쥐눈이콩.

남전북답(南田北畓) 근농하여 추수동장(秋收冬藏) 하여 보세.

고대광실 넓은 집에 내적내창(乃積乃倉) 하여 두고

무병(無病) 안과(安過) 하면

그 아니 좋을쏜가?

대장부가 세상에 나서 공성신퇴(攻成身退) 하온 후에

임천에 초당 지어 놓고 만권시서(萬卷詩書) 쌓아두고

절대가인(絶代佳人) 곁에 두고

금준(琴樽)에 술을 부어 취하도록 먹은 후에

강구연월에 함포고복하여

세상사에 상관없이 누었으니

아마도 대장부의 할 일이 이뿐이지.

원문

뎡슈졍젼

각셜 아국 틱죠딕왕 등극 시졀의 국틱 민안ᄒ고 시화연풍ᄒ
야 빅셩이 격양가를 일삼더라 잇ᄯᅥ 경상도 안동 ᄯᅡ 운학동의
ᄒᆞᆫ 사람이 잇스되 승은 뎡이요 명은 명시라 평ᄉᆡᆼ 마음이 쳥
직ᄒᆞ야 진셰 사람과 다른지라 가셰 요부ᄒᆞ야 세상의 부러할
비 업스되 다만 사고무친쳑ᄒᆞ고 일기 자식이 업셔 쥬야 호탄
ᄒᆞ던니 일일은 부인 안씨 일몽을 어든니 몽쥼의

엇더ᄒᆞᆫ 빅발 노인이 구절 죽장을 집고 단졍이 불너 왈 닉 그
딕 무자함을 불상이 여겨 이것슬 쥬난니 삼가 바드라 ᄒᆞ거날
졍신을 슈습ᄒᆞ야 자셔이 살펴보니 푸른 보 ᄒᆞ나이 노엿거날
펴고 본즉 불근 구슬이 잇난지라 놀나 ᄭᅢ다르니 일장츈몽이
라 반갑고 괴이ᄒᆞ야 외당에 나어가 공을 보고 몽ᄉᆞ를 셜화ᄒᆞᆫ
딕 공이 딕희 왈 옥황 샹졔계옵셔 우리 무ᄌᆞ함을 불상이 여
기스 ᄌᆞ식을 졈지ᄒᆞ미라 못닉 깃버ᄒᆞ더니

과연 그달붓터 틱긔 잇셔 십삭이 ᄎᆞᄆᆡ 일기 옥동ᄌᆞ를 탄ᄉᆡᆼᄒ
니 얼골이 비범ᄒᆞ고 골격이 쥰슈ᄒᆞ야 어린 아희 우름 쇼리
어룬의 셩음을 딕할너라 셰월이 여류ᄒᆞ야 아희 나히 오 셰의

이르미 일홈을 슈정이라 ᄒᆞ고 부뷔 못너 ᄉᆞ랑ᄒᆞ더니 슬푸다
홍진비러난 인간상시라 뎡공이 우연득병ᄒᆞ야 빅약이 무효
라 회츈할 길 업난지라 뎡공이 부인과 슈정의 숀을 줍고 눈
물을 흘니며 왈 셰상의 도망키 어려온 바난

2뒤
ᄉᆞ람의 명이라 나의 병이 다시 회츈치 못할지라 바라건디 부
인은 나 업슴을 넘우 슬워 말고 가ᄉᆞ를 죠히 다ᄉᆞ리며 어린
슈정을 인의로 가리쳐 죠상향화를 밧들게 ᄒᆞ야 도러가난 혼
빅을 위로ᄒᆞ쇼셔 말을 맛치며 인하여 셰상을 바리시니 부인
과 슈정이 이통ᄒᆞ난 졍상은 참아 보지 못할너라 부인이 슬픔
을 진졍ᄒᆞ고 예로ᄡᅥ 쵸죵범졀을 극진니 ᄒᆞ고 션산에 안장ᄒᆞᆫ
후 다만 일기 슈정을 다리고 삼츈가졀과 구츄양신을 눈물노
보니더니

3앞
슈정이 졈졈 즈라 나히 팔 셰의 이르미 이티빅의 문장과 왕
희지 필법이며 얼골은 관옥이요 풍치난 두목지라 이러구러
나히 십육 셰의 당ᄒᆞ미 시셔빅가어를 무불통달ᄒᆞ엿더라 잇
ᄯᅥ 국티민안ᄒᆞ야 ᄉᆞ방의 일이 업스미 나라에서 쳔ᄒᆞ 인지를
보시려 ᄒᆞ고 만과를 뵈일시 팔도의 힝관ᄒᆞ신지라 잇ᄯᅥ 뎡슈

정이 과거 쇼식을 듯고 모친게 엿주오디 쇼주의 나히 이제
십육 세라 디쟝비 세상의 나미 입신양명ㅎ여 임군을 셤기고
문호를

3뒤
빗니미 쩟쩟ᄒ 일이요 ᄒ향궁곡의 뭇쳐 잇슴은 불가ᄒ온지
라 슬ᄒ를 줍간 ᄯ나 이번 과거의 구경코져 ᄒ나이다 부인이
디경 왈 니 늣계야 너를 어더 보옥갓치 ᄉ랑ᄒ더니 가운이
불ᄒ힝ᄒ여 너의 부친니 일즉 별셰ᄒ시니 밧그로 강근지친니
업고 안으로 응문지동이 업셔 모지 셔로 의지ᄒ여 네 앗침의
나어가 졈으도록 아니 도러온즉 닉문 밧긔 나어가 마을을 의
지ᄒ여 바라거날 ᄯᅩᄒ 네 나히 어리고 한양이 예셔 쳔여 리
라 엇지 힝보ᄒ며 나난 누를 의지ᄒ여 일시나 지닉리요 옛말

4앞
의 ᄒ엿스되 임군을 셤긴 후의 문호를 빗닌다 ᄒ나 네 나히
늣지 아니ᄒ니 망녕된 말을 다시 말나 슈정이 ᄯᅩ 엿주오디
시호시호여부지니라 쇼주의 나히 이제 이팔이온즉 군지 가
히 입신양명할 ᄯᅢ라 오난 ᄯᅢ를 일습고 심산궁곡의 뭇쳐 죵신
ᄒ오면 일긔 슈정이 인간의 낫슴을 뉘 알니잇가 복망 모친은
일시 연연ᄒ 졍을 싱각지 마르시고 쇼주의 쇼원을 일우게 ᄒ

쇼셔 부인이 그 말을 드르미 뜻시 녹녹지 아니홈을 알고 구
지 말뉴치 못하여 노비와 힝중을 추려 쥬어 길을

4뒤

써날시 부인이 슈정의 숀을 잡고 경계호여 왈 호양이 갓갑지
아니호니 부터 거리예 나셔 일즉 쥬점의 쉬고 올너가 착실혼
쥬인을 퇵호여 유호게 호며 타향 슈퇴 다르니 부터 음식을
죠심호라 천리원정의 보너난 어미 마음 호로 열두 시로 싱각
호나니 너쑨니라 죵쇽키 도러와 모지 반가이 맛나기 바라노
라 호시며 눈물을 흘니거날 슈정이 극진이 위로호고 이웃 션
비와 함긔 길을 써날시 십여 일 만의 경성의 득달호여 쥬인
을 증호고 과일을 기다리더라

5앞

동힝과 혼가지 다니며 장안 풍경을 두로 귀경호다가 슘천동
의 이르러 날이 졈물거날 쥬인 집을 추져 도러오더니 혼 누
각이 잇난디 방을 써 붓쳣시되 과거 점을 할 지 잇거던 돈
닷 양을 가지고 오라 호엿거날 슈정이 낭탁을 열고 보니 다
만 두 냥쑨니라 돈 슷 냥을 동힝의게 취호여 갓고 동힝다려
왈 닉 잠간 이곳싀 단여 갈거시니 그디난 먼져 도러가라 호
고 그 집을 추져 드러가니 집이 가중 정쇄호여 예슈 집과 다

른지라 판슈 ᄒᆞ나이 안졋시되 용뫼 엄슉ᄒᆞ지라

5뒤

슈졍이 압희 나어가 졀ᄒᆞ고 문복ᄒᆞ러 온 ᄉᆞ연을 말ᄒᆞ되 판쉬 분향 지비ᄒᆞ고 산통을 흔들며 헛눈을 번득이며 튝슈ᄒᆞ여 왈 쳔ᄒᆞ언지시리요 고지즉응ᄒᆞ나니 신지영의라 감이신통ᄒᆞ쇼 셔 경상도 안동부 운학동의 거ᄒᆞ난 뎡슈졍의 신슈 길흉을 ᄌᆞ 셰이 아지 못ᄒᆞ오니 복걸 신명은 물비 쇼시ᄒᆞ쇼셔 두셰 번 졈괘를 풀고 탄식을 마지 아니ᄒᆞ니 슈졍이 그 판슈의 슈상ᄒᆞ 긔식을 보고 이러나 졀ᄒᆞ고 가로되 쇼동이 문복ᄒᆞ옵기난 평 싱 길흉

6앞

을 알고져 ᄒᆞ미오니 바른 디로 길흉을 가리쳐 쥬옵쇼셔 판쉬 침음 양구에 가로디 이번 과거의 장원 급졔ᄒᆞ련니와 셰 번 쥭을 읽운니 잇스니 아모리 살고져 ᄒᆞ나 살기 어려온지라 엇 지 가련치 안ᄒᆞ리요 슈졍이 이 말을 드르미 간담이 쪄러지고 졍신이 아득ᄒᆞ여 울며 고왈 쇼지 팔지 긔박ᄒᆞ와 오 셰의 부 친을 여희고 무미 독신으로 다만 모친을 모시고 일시도 슬ᄒᆞ 를 쪄나지 못ᄒᆞ옵더니 외람이 금번 과거의 참방할 마음을 두 고 모친의 말뉴ᄒᆞ시난 말슴을 듯지 안코 경셩의

6뒤

올너 왓습다가 다힝이 죤공을 맛나 신슈 길흉을 뭇습더니 이
말슴을 듯스오미 흐날이 무너지고 짜히 꺼지난 듯흐오니 복
원 죤공은 쇼즈를 불상이 여기스 도익할 방약을 즈셰이 가리
쳐 쥬옵쇼셔 판슈 디왈 스람의 슈익이 흐날의 달녀시니 만일
도익흐 량이면 세상의 엇지 신슈 불길흔 스람이 잇스리요 그
디의 정상이 아모리 가긍흐나 할 길 업스니 급피 도러가라
흐거날 슈정이 실성체읍 왈 복원 죤공은 즈비지덕을 드리우
스 쇼즈를 살니시면 지싱지은을

7앞

결쵸흐여 갑스올이다 판슈 이윽히 싱각다가 빅지 흔 중을 니
여 누른 치식으로 디 흐나를 그려 쥬며 왈 그디 지극히 간쳥
흐기로 이거슬 그려 쥬거니와 쳣번 죽을 써난 살기를 도모흐
여도 도망키 어렵고 두번 치 죽을 슈난 더욱 급박흐거니와
쳔만요힝으로 스라나셔 셰 번치 죽을 지경의 이 그린 디를
니여 노면 혹 구할 스람이 잇슬가 흐거니와 진쇼위귀를 막고
방울을 도적함 갓튼지라 엇지 밋드리요 슈정이 눈물을 거두
고 판슈의 죤호를 물은디 디답지 안코 안식이

엄엄ᄒ거날 슈졍이 다시 뭇시 못ᄒ고 판슈게 ᄒ직ᄒ고 문 밧
긔 나셔 보니 임의 일낙셔산ᄒ고 월츌동영ᄒ여 남산의 봉화
들고 죵노의 잉경 쇼리 들니난지라 혹시 순나의 잡힐가 염녀
ᄒ여 황망이 스관으로 도러올시 한 골목의 다다르니 엇더한
건장한 놈 십여 명이 일시예 달녀들어 일변 입을 막고 스지
를 동여 미여 교즈의 안치고 풍우 갓치 달니더니 한 곳싀 이
르러 교즈를 ᄂᆞ려 놋코 나리라 ᄒ거날 슈졍이 졍신을 ᄎ려
좌우를 살펴보니 삼간연당의 등촉이 휘황한지라 그 놈더리

그 안으로 드러가즈 ᄒ거날 슈졍이 답왈 이 딕은 아마도 지
상가 딕이라 ᄂᆡ 본디 친쳑지분니 업고 한번도 뵈옵지 못ᄒ엿
난지라 엇지 안으로 들어가리요 그 놈더리 쥬먹을 겨누며 왈
네 스싱이 목젼의 잇거날 엇지 우리 시기난 말을 당돌이 방
싀ᄒ여 죽기를 직쵹ᄒ난다 슈졍이 ᄒ릴업셔 연당 안으로 드
러가 본즉 향닉 진동한 가온디 디병풍 쇼병풍을 둘너시니 그
림도 황홀ᄒ다 한 나라 엄즈릉은 간의디부 마다 ᄒ고 동강
칠니 탄의 낙시질 ᄒ난 진경을 역력히 그려잇고 한 죵실 유
황슉은

8뒤

삼분천ᄒ 요란ᄒᆫ디 와룡 선성 맛나랴고 젹토마를 밧비 몰어 남양 쵸당 풍셜 즁의 슘고쵸여 ᄒᆞ난 진경을 역역히 그려 잇고 오류 선성 도연명은 핑틱녕을 마다 ᄒᆞ고 심양강의 비를 씌여 시상니로 도러오난 진경이며 궁팔십 달팔십 강틱공은 쥬문왕을 맛나랴고 광장 습천 육빅 죠를 위슈의 던지난 경긔를 역역히 그려 잇고 상산의 네 노인은 ᄒᆞᆫ가이 바돌판을 디ᄒᆞ여 ᄒᆞᆫ 노인은 빅긔를 들고 ᄒᆞᆫ 노인은 흑긔를 들고 ᄒᆞᆫ 노인은 구경ᄒᆞ고 ᄒᆞᆫ

9앞

노인은 죠으난 진경이며 ᄒᆞᆫ나라 장ᄌᆞ방은 계명산 츄야월의 옥쇼를 슬피 불어 팔천 쵸병 헛치난 진경이며 팔구 칠십 니젹션은 치셕강 명월야의 포도쥬를 취케 먹고 빅머리에 비기 안져 물속의 빗취난 달을 붓들랴고 ᄒᆞ난 진경이며 숑나라 쇼동파난 츄칠월 긔망야의 손으로 더부러 젹벽강의 비를 씌우고 노난 경긔를 역역히 그려 잇고 이화 도화 셜즁미며 녹쥭 창숑 두견화며 잉무 공작 비취식를 그렷난디 원잉

9뒤

금침 펼쳐 놋코 화촉이 휘황ᄒᆞ니 신부 신랑이 신방을 ᄎᆞ린

모양일너라 방안의 홀노 안져 그 곡절을 모로더니 이윽고 시
비 십여 명이 엇더흔 쳐ᄌ를 옹위ᄒ여 방안으로 드러오거날
슈졍이 마음의 창황ᄒ여 몸을 일어 셔으로 향ᄒ니 그 쳐ᄌ
츄파를 잠간 흘녀 슈졍을 살펴보니 쥰슈흔 용모와 화려흔 긔
상이 즘짓 쳔ᄒ긔남지라 마음의 이연ᄒ여 일너나 졀ᄒ고 아
미를 슈기고 가는 쇼리로 슈졍다려 왈 규즁 여ᄌ로셔

10앞

남의 남ᄌ를 뫼셔 몬져 말슴ᄒ옴이 쳬모 안니로더 져러틋 어
여쁜 슈지 불힝ᄒ여 죽을 함졍의 드러온 고로 마음의 이연ᄒ
와이다 슈졍이 그졔야 죽을 ᄯᅡ의 드러옴을 알고 이러나 읍ᄒ
여 왈 무슴 연고로 날갓튼 쳔셩을 이곳싀 유인ᄒ엿난잇가 쳐
지 더왈 쳡의 명되 긔박ᄒ와 다른 동셩 업습고 다만 쳡 ᄒ나
쑌니라 부뫼 지극히 ᄉ랑ᄒᄉ 관상ᄒ난 ᄉ람이 오면 쳡의 상
을 뵈인즉 다 이르되 쵸년의 상부할 팔지라 ᄒ기로 부뫼

10뒤

쥬야 근심ᄒᄉ 도읶할 방법을 무른즉 셩혼ᄒ기 전의 남의 남
ᄌ를 가만니 다려다가 부부 모양으로 힝녜흔 후의 즉시 죽이
면 그 슈를 도읶흔다 ᄒ기로 오날날 이 계교를 힝ᄒ여 노복
을 ᄉ면으로 보니엿더니 불힝이 그더 갓흔 긔남ᄌ를 다려와

죽게 되니 엇지 이달지 안흐리잇가 슈정이 눈물을 흘니며 탄식 왈 이난 낭즈를 원망할 비 안니요 쳔셩의 신쉬로쇼이다니 본디 흐방 미쳔흔 스람으로 부친을 일즉 여희고 다만 편친을

모시고 잇습다가 외람이 과방의 참녜코져 흐여 모친의 말뉴흐심을 듯지 아니흐고 경셩의 을너 왓습다가 이러흔 환을 당흐오니 이 몸 죽기난 슬지 안컨니와 날마다 기다리시난 모친을 엇지흐리요 슬푸다 스람의 죽엄을 의논할진디 요슌 공밍갓튼 셩인도 면치 못흐셧거던 허물며 날 갓튼 스람이 엇지 살기를 바라리요만은 바라건디 낭즈난 흐날이 임의 증훈 팔지오니 착헌 마음을 베푸러 존명을 살녀쥬쇼셔

낭지 눈물을 흘녀 왈 쳡의 마음디로 흐오면 이 몸이 디신 죽어 그디의 목슘을 도모흐련만은 부모의 흐시난 일이라 빅 가지로 싱각흐여도 할 길 업스오니 슈지난 마음만 단단니 먹을 다름이로쇼이다 슈정이 죽기 면치 못할 줄 알고 앙천탄식흐며 지필묵을 쳥흐여 영결시를 지어 벽숭의 붓치니 그 글의 흐엿스되 흔심흐고 가련흐다 뎡슈정이 이팔쳥츈으로 어이

ㅎ여 황쳔긱이 되단 말가 셰숭 쳔지 이런 팔즈 쏘 잇난가 슘
츈 화

류 쇼넌덜아 이 닉 흔 몸 살녀쥬쇼 인간 칠십 다 살어도 죽난
인싱 불상커던 이팔쳥츈 졔우 되여 죽단 말이 어인 말고 슬
푸다 이 닉 신셰 싱각ㅎ니 슘간쵸당 젹막흔듸 침침흔 야슘경
의 쇽졀 업시 죽난 줄을 뉘 알숀냐 엄동셜흔 찬 바람의 계오
지난 쏫 쩔기가 슘츈화풍 호시졀의 봉울봉울 믜졋더니 난듸
엄난 불이 나셔 싱쵸목의 불 붓터쏘다 이 닉 몸이 셰상의 싱
겨 나셔 스셔슘경 일거니여 입신 양명 바러더니 죠물이 시긔
ㅎ여

함졍 안의 들엇쏘다 죄가 잇셔 이러흔가 명이 그뿐인가 무죄
흔 인싱 죽그랴니 이 안니 흔심ㅎ며 날을 죽여 혼져 스지 말
고 두리 홈긔 살면 그 안니 죠을숀기 져긔 가난 져 마부야
그 말을 좀간 빌일숀야 이 닉 흉즁 쏘인 슬음 쫙을 지여 실어
다가 흘너가넌 한강슈의 활활 풀어 쥬쇼 우리 모친 혼져 안
져 슬피 울며 날 갓튼 불효즈를 싱각ㅎ시난 거동 보쇼 보고
지고 보고지고 우리 아달 보고지고 아지 못게라 쳘니원졍의

잘 갓넌가 못

13앞

갓넌가 어이ᄒ여 쇼식좃ᄎ 돈졀ᄒᆫ가 오날 올가 ᄂᆡ일 올가 쇼식을 들으랴고 뒤동산의 올너가셔 한양셩을 바라보니 구름도 희미ᄒ고 안긔도 몽농ᄒ다 그렁져렁 일낙셔산 황혼 되니 한심으로 ᄂᆡ려와 궁궐 갓치 븬 방안의 홀노 안져 ᄒᆞᆷ 쉬고 누엇시니 달 밧고 셔리 친 밤의 외기러기 울고 간다 ᄒᆞᆫ 거름의 ᄂᆡ다러 ᄉᆞ창 밧긔 홀노 셔셔 눈물을 지으시고 뭇노라 울고 가넌 져 기럭아 우리 아들 쇼식 젼할ᄉᆞᆫ냐 그 기럭이 무졍ᄒ다 져만

13뒤

울고 가넌ᄯᅩ다 그러ᄒ신 졍경을 ᄉᆡᆼ각ᄒ면 엇지 쳐량치 안ᄒ리요 슬푸다 이 ᄂᆡ 몸이 죽기 젼의 어마님 얼골 보고 지고 말니 장쳔 구름 되여 ᄯᅥ나가셔 보고 지고 오동츄야 달이 달이 되여 빗취여나 보고 지고 명ᄉᆞ십니 ᄒᆡ당화야 ᄭᅩᆺ진다고 슬어 말아 발근 봄 도러오면 ᄯᅩ 다시 퓌련니와 이 ᄂᆡ ᄒᆞᆫ 몸 죽어지면 움이 날 니 만무ᄒ다 흉즁의 ᄡᅵᆫ 쇼회 무궁ᄒ나 일쵼 간장이 녹난 듯ᄒ야 일필노 쓰긔로다 슈졍이 쓰기를 다 ᄒᆞ미

붓슬 던지고 두 눈의 눈물이 흘너 옷깃슬 젹시난지라 낭지
쏘흔 비회를 금치 못ᄒ여 눈물이 영영ᄒ더라 그렁져렁 밤이
깁허 원촌의 달기 울고 바람 쇼리 쇼슬흔지라 낭지 함농을
열고 은ᄌ 스 되를 너여 쥬거날 슈졍이 시양ᄒ여 왈 죽난 스
람이 은ᄌ를 갓다가 무엇ᄒ리요 낭지 은ᄌ를 비단 젼ᄃᆡ의 너
허 허리예 둘너 쥬며 왈 슈지난 세상 물졍을 모로난쏘나 길
가의 죽은 스람이라도 몸의 ᄌᆡ물을 진여스면 타인이라도 ᄌᆡ
물을

탐ᄒ여 무더 쥬난 일이 잇거날 엇지 스양ᄒ난뇨 이거슬 가져
가면 혹 쓸 ᄃᆡ 잇슬 거시니 부ᄃᆡ 간슈ᄒ라 말이 맛치며 홀연
슈십 명 노복이 문 밧긔셔 낭ᄌ다려 나어오시라 ᄒ니 양인니
셔로 운우지졍은 일우지 못ᄒ엿스나 셔로 붓들고 이연이 니
별ᄒ고 낭지 문밧그로 나어가니 슈십 명 노복이 일시예 달녀
들어 슈졍을 잡어 너여 스지를 농여 묵고 입을 막어 교ᄌ의
안치고 살ᄃᆡ 갓치 가더니 흔 곳싀 이르러 층암졀벽 우의 안
치고

동인 치 천장 만장이나 깁흔 물의 던지려 ᄒ다 그 즁의 늘근
스람이 여러 놈다려 일오디 동인 거시나 풀어 너으라 여러
놈더리 동인 거슬 풀어 놋커날 슈졍이 졍신을 ᄎ려 여러 놈
다려 왈 닉 평싱 담비를 죠와 ᄒ더니 이 지경을 당ᄒ미 울울
ᄒ 회포를 풀 디 업난지라 싱젼의 담비 한 디를 먹고 쥭그면
엇더ᄒ뇨 여러 놈더리 밧부다 ᄒ고 허락지 아니ᄒ되 그 늘근
지 가로디 나라 **죄**인도 음식을 먹여 쥭기거던 허물며 져 아
희 무솜 **죄**로 담비도

못 먹게 ᄒ난뇨 ᄒ고 담비 혼 디를 쥬거날 슈졍이 담비를 바
더 먹을시 여러 놈더리 그 즁의 세 스람만 두고 가며 ᄒ난
말이 우리 몬져 도러가 남문 밧 김 부장 집의 볼 일 보고 기다
릴 거시니 져 아희를 물의 넛코 그리로 오라 ᄒ며 가난지라
슬푸다 슈졍의 먹난 담비 거의 다 타 가미 앙쳔 탄식ᄒ여 왈
어이 업고 속졀 업다 쳔길 물 속의 들어가 어복고혼니 되것
시니 쳘니 밧긔 계신 우리 모친 나 쥭은 쥴 모르시고 날마다
기다리시고 슬어ᄒ신

들 어너 동싱이 잇셔 위로할가 ᄒᆞ며 ᄃᆡ셩통곡ᄒᆞ니 그 졍상은
참아 보지 못할너라 슈졍이 졍신을 슈습ᄒᆞ여 문득 낭지 쥬던
은ᄌᆞ를 싱각ᄒᆞ고 나 죽은 후에 이것슬 갓다 무엇ᄒᆞ리요 ᄒᆞ고
젼ᄃᆡ의 은ᄌᆞ를 ᄂᆡ여 슘인을 쥬어 왈 이거시 ᄂᆡ 집의셔 ᄯᅥ나
올 ᄶᆡ 노슈ᄒᆞ랴 ᄒᆞ고 가져왓더니 이제 죽난 ᄶᅡ의 무엇ᄒᆞ리요
그ᄃᆡ 등은 죽난 스람의 ᄌᆡ물이라 더럽다 말고 갓다가 쥬치나
봇ᄐᆡ여 쓰라 ᄒᆞᄃᆡ 슘인이 바더 갓고 슈졍을 물의 너으랴 ᄒᆞ
더니 그 늘근 스람이

두 놈을 ᄭᅮ지져 왈 스람이 셰상의 쳐ᄒᆞ여 착ᄒᆞᆫ 일을 ᄒᆡᆼᄒᆞ면
복이 오고 악ᄒᆞᆫ 일을 ᄒᆡᆼᄒᆞ면 앙홰 밋츠나니 이 아희 이팔쳥
츈의 罪 업시 죽으미 엇지 가련치 아니ᄒᆞ리요 허물며 져 아
희 ᄌᆡ물을 바덧스니 우리 슘인이 져 아희를 살녀 쥬고 명심
불망ᄒᆞ여 말을 입 밧긔 ᄂᆡ지 아니ᄒᆞ면 쳔지 신명밧긔 뉘 알
니요 ᄒᆞᄃᆡ 두 스람이 이윽히 싱각다 가로ᄃᆡ 노인의 말슘이
당연ᄒᆞ도다 ᄒᆞ고 슈졍다려 왈 우리 슘인이 슈지의 졍경을 가
긍이 여겨 살

녀 쥬난니 밧비 고향으로 나려가 종적을 감츄라 흐거날 슈졍이 그 말을 듯고 어린 듯 취흔 듯 쑴인 듯 성신 듯 지셩지은을 빅비치스호고 젼지도지호여 도망호니 그 거동이 그물의 난 고기요 불붓난 디 쑤여가난 톡기 갓더라 동셔를 분별치 못호고 다러나더니 동방이 발거오며 인젹이 산란흐거날 정신을 츠려 살펴보니 동디문 아러 다다른지라 몸을 이윽히 진졍호여 싱각흐되 니 간밤의 흐마터면 슈중고혼니 될너니 신명이 도으심을 입어 잔명을 보존호엿스나

다시 셩니의 왕니호미 불가호되 임의 과거를 보러 왓다가 그져 도러가미 붓쓰러고 또 나의 면목을 뉘 능히 알니요 호고 셩니의 드러가 쥬인 집을 츠져가니 동힝더리 일변 반가난 체호나 슈졍의 용모와 문필이 츌중혼 고로 시긔호여 속이고 다른 디로 가더라 슈졍이 쥬인집의 홀노 유흐다가 과일을 당호미 장중졔구를 츠려 가지고 드러가 글졔를 기다리더니 아이요 현졔판을 걸거날 글졔예 호엿스되 요죠슉녀난 군즈호귀라 호엿더라

시지를 펼쳐 놋코 일필휘지ᄒᆞ니 용ᄉᆞ비등의 문불가졈이라
일쳔의 션장ᄒᆞ고 쥬인집의 나어와 ᄃᆡ방ᄒᆞ더니 잇쩌 상이 친
림ᄒᆞᄉᆞ 슈졍의 글을 보시니 ᄌᆞᄌᆞ쥬옥이요 귀귀 관쥬라 칭찬
ᄒᆞᄉᆞ 왈 이 문필은 고금의 드문 비라 반다시 이 ᄉᆞ람의 의량
이 충희 갓흐리라 ᄒᆞ시고 봉ᄂᆡ를 쩌여보니 경상도 안동부 운
학동 뎡슈졍인ᄃᆡ 나흔 십육 셰라 상이 ᄃᆡ희ᄒᆞᄉᆞ 못ᄂᆡ 칭찬ᄒᆞ
시고 장원급졔를 시기시고 신ᄂᆡ를 부르신ᄃᆡ 슈졍이 쳥ᄉᆞ관
ᄃᆡ의 흑각ᄃᆡ를 씌고 머리예 어ᄉᆞ화

를 숙여 꼿고 탑젼의 드러가 ᄉᆞ은슉비ᄒᆞᆫᄃᆡ 상이 슈졍을 인견
ᄒᆞᄉᆞ 인물을 살펴보니 단졍ᄒᆞᆫ 용모와 영발ᄒᆞᆫ 풍치 진실노 쳔
ᄒᆞ 긔남지라 더옥 ᄉᆞ랑ᄒᆞᄉᆞ 어쥬를 ᄂᆡ리시고 즉시 할님학ᄉᆞ
를 졔슈ᄒᆞ시거날 슈졍이 쳔은을 못ᄂᆡ 츅ᄉᆞᄒᆞ고 궐문 밧긔 나
어와 은안 빅마의 놉히 안져 장안ᄃᆡ로로 나어올시 한원셔리
와 금의 화동이 젼후의 옹위ᄒᆞ엿시니 구경ᄒᆞ난 지 칭찬 아니
리 업더라 홀련 동편의셔 급히 신ᄅᆡ를 부르거날 뎡 할님이
나어가 빅알ᄒᆞ니 이난

좌의정 니공필이라 무슈이 진퇴ᄒ고 스랑함을 이긔지 못ᄒ
여 손을 잡고 왈 노뷔 그ᄃ의게 청할 말이 잇스니 드를숀냐
할님이 ᄃ왈 ᄃ감이 쇼싱을 이갓치 스랑ᄒ시니 황공감스ᄒ
옵거니와 무슴 말숨을 청코져 ᄒ시난잇가 이공이 ᄃ왈 팔지
긔박ᄒ여 ᄒ낫 ᄌ식이 업고 다만 여식 ᄒ나를 두엇스되 명민
총혜ᄒ여 가이 어진 군ᄌ를 셤길 만ᄒ기로 져와 갓흔 비필를
구ᄒ더니 오날날 그ᄃ를 보민 마음의 가합ᄒ기로 청ᄒ나니
그ᄃ난 스양치 말고 허락함이 엇더ᄒ뇨 할님이 ᄉ레 왈 ᄃ감
계옵셔 쇼싱

갓치 미쳔함을 혐의치 아니ᄒ시고 이갓치 말숨ᄒ시니 불승
감격ᄒ오나 쇼싱이 팔지 기구ᄒ와 일즉 부친을 여희고 다만
편친니 잇스오니 임으로 못ᄒ리로쇼이다 니공이 가로ᄃ 그
러ᄒ면 시급히 셩녜할 게 안이라 ᄃ부인게 품달ᄒ여 허락이
계신 후 셩혼ᄒᄌ ᄒ고 ᄒ가지로 집으로 도러가ᄌ ᄒ거날 할
님이 스양치 못ᄒ여 ᄯ라 가려 ᄒ더니 ᄯᅩᄒᆫ 셔편의셔 신린를
부르거날 할님이 나어가 비알ᄒ니 이난 우의정 김셩필이라
무슈이 진퇴ᄒ고 못닉 스랑ᄒ며 ᄯᅩ 스위되

기를 쳥ᄒ거ᄂᆞᆯ 할님이 밋쳐 ᄃᆡ답시 못ᄒ여 니공이 나셔 말ᄒ
여 왈 니 몬져 뎡 할님과 결혼ᄒ엿스오니 ᄃᆡ감은 말ᄉᆞᆷ 마옵
쇼셔 김공이 ᄃᆡ왈 ᄃᆡ감의 쳐지난 날보더 빙승ᄒ오니 셜령 몬
져 증혼ᄒ엿슬지라도 니게 아시라 ᄒ고 셜왕셜ᄂᆡ에 가부를
증치 못ᄒ다가 양인이 탑젼의 드러가 쥬달할ᄉᆡ 김셩필이 쥬
왈 니공필은 비록 ᄌᆞ식이 업스오나 원근지친니 잇스와 양ᄌᆞ
라도 ᄒ련니와 쇼신은 헐헐고죵으로 양ᄌᆞᄒ올 ᄃᆡ 업스오니
복걸 셩상은 신을 불상이 여기스 뎡 할님과 셩혼ᄒ와 외손

봉시나 ᄒ게 ᄒ옵쇼셔 상이 김셩필의 졍경을 가긍이 여기스
ᄒ교ᄒ시되 니공필은 다른 ᄃᆡ 턱셔ᄒ고 김셩필은 뎡 할님과
셩혼ᄒ라 ᄒ시고 즉시 ᄐᆡᄉᆞ관을 명쵸ᄒᆞᄉᆞ 턱일ᄒ니 츈습월
쵸슌니라 호죠의 ᄒ교ᄒᆞᄉᆞ 혼구범졀을 풍비케 츠려 쥬라 ᄒ
시더라 뎡 할님이 탑젼의 들어가 쥬달ᄒ되 신니 일즉 아비
일습고 다만 노뫼 잇스오니 혼인은 인간ᄃᆡ시라 엇지 고치 안
코 증혼ᄒ리잇가 복원 셩상은 혼일퇴졍ᄒ고 두어 달 슈유를
쥬시면 신니 고향의 ᄂᆞ려가

모지 상면ᄒᆞ옵고 증혼헌 ᄉᆞ연을 고ᄒᆞ 후의 즉시 올너와 힝녜
코져 ᄒᆞ나이다 상이 가라ᄉᆞ디 경의 ᄉᆞ긔난 그러ᄒᆞ나 엇지 증
혼 혼일을 물니리요 ᄒᆞ시고 즉시 뎡 할님의 모친게 졍녈 부
인 직쳡과 교지를 너려 보니시니 그 교지예 가라ᄉᆞ디 부인은
홍낭디덕으로 이갓튼 긔제 군ᄌᆞ를 나어 극진니 교훈ᄒᆞ여 짐
의 고굉이요 국가의 동냥이 되게 ᄒᆞ니 엇지 아롬답지 안ᄒᆞ리
요 그럼으로 부인은 졍녈 부인을 봉ᄒᆞ고 슈정은

할님학ᄉᆞ를 비ᄒᆞ엿스며 ᄯᅩᄒᆞᆫ 우의졍 김셩필의 여식과 비필
을 증ᄒᆞ엿나니 그리 알나 ᄒᆞ엿더라 잇ᄯᆡ 안 부인이 아ᄌᆞ를
쳘니원졍의 보니고 쥬야로 기다리더니 문득 예관니 나려와
직쳡과 교지를 드리거날 북향ᄉᆞ비 후 밧ᄌᆞ와 보고 쳔은을 못
니 츅ᄉᆞᄒᆞ며 ᄯᅩᄒᆞᆫ 증혼ᄒᆞ다 ᄒᆞᄆᆡ 깃분 마음을 익이지 못ᄒᆞ더
라 ᄎᆞ셜 잇ᄯᆡ 뎡 할님의 혼일이 당ᄒᆞᄆᆡ 할님은 쳥ᄉᆞ관디 쌍
학 슝비예 흑각디를 ᄯᅴ고 머리예 오ᄉᆞ모를 쓰고

숀의 빅옥홀 쥐엿난디 한원셔리 팔십 명과 형죠셔리 오십 명
이 젼후의 날렬ᄒᆞ고 쇼져난 녹의홍상의 단장이 찰난ᄒᆞ디 잉

무갓튼 시비 슈십 명이 좌우의 옹위ᄒ여 교비셕의 나어와 힝
네ᄒ니 그 위의 거록함은 이로 칭냥치 못할너라 이날 밤의
할님이 신방의 드러가니 시비 등이 신비를 뫼셔 드러오거날
할님이 잠간 츄파를 흘녀 바라보니 즘짓 절ᄃ가인이라 이윽
고 밤이 깃흔ᄃ 창 밧긔 명월은 죠요ᄒ고 방안의

화촉이 휘황흔ᄃ 옥슈를 익그러 취침홀시 전일 위경 치른 일
을 싱각ᄒ미 심신니 즈연 살란ᄒ여 풍정의 뜻시 업고 좀을
이루지 못ᄒ여 젼젼반칙ᄒ더니 홀련 문 밧긔 인젹이 잇거날
창쁨으로 여어보니 엇더흔 놈이 상셜 갓튼 비슈금을 들고 드
러오거날 밋쳐 신부를 씌우지 못ᄒ고 병풍 뒤에 슘어보니 그
놈이 방안의 드러와 방황ᄒ다가 신부의 머리를 버히고 나어
가거날 할님이 그 광경을 보고 긔절ᄒ여 걱구

러졋더니 이윽고 동방이 발거날 일광이 놉흐되 쇼제 나어오
지 아니ᄒ니 정경 부인이 괴이ᄒ여 시비로 ᄒ여금 나어가 보
니 뜻밧긔 신부의 머리를 버혀 유혈이 방안의 가득흔ᄃ 신랑
은 병풍 뒤에 누엇거날 시비 ᄃ경ᄒ여 나어와 그 연유를 고
흔ᄃ 왼 집안니 쇼동ᄒ여 곡셩이 진동ᄒ며 일변 노복 등이

달녀 드러 할님을 결박ᄒ난지라 할님이 계우 정신을 추려 아
모리 싱각ᄒ여도 그 실상을 엇지 알니요

23뒤
다만 ᄒ날을 우럴너 탄식ᄒ난지라 김의정이 슬품을 니긔지
못ᄒ여 왈 이 혼인은 나라의셔 증혼 비라 ᄒ고 바로 탑젼의
드러가 빅슈의 눈물이 비오듯 ᄒ며 그 ᄉ연을 쥬달ᄒ던 상이
디경디로 왈 뎡슈졍의 ᄒᆡᆼ실이 엇지 이러할 줄 알엇시리요 ᄒ
시고 뎡슈졍을 즉시 금부의 가두고 빅관을 명ᄒ여 국문ᄒ라
ᄒ시니 졔신니 좌긔를 추리고 슈졍을 잡어드려 무슈이 국문
ᄒ되 슈졍이 고왈 쇼인의 죄난 쳔지신명밧

24앞
긔 아난 지 업스오니 다시 아릴 말숨 업나이다 빅관니 ᄒᆞ릴
업셔 이 연유를 탑젼의 쥬달ᄒ던 상이 혹 가닌지변인가 의심
ᄒᆞᆺ ᄒ시되 아즉 가두어 두고 ᄒ달의 세 번식 국문ᄒ라 ᄒ
시니 이갓치 ᄒᆫ 지 임의 칠삭이라 김의정이 죠졍의 드러가면
국ᄉ난 도러보지 아니ᄒ고 다만 여식의 원슈갑기만 쥬달ᄒ
니 상이 디답ᄒ기 괴로위ᄒᆞᆺ 빅관의 ᄒ교 왈 금일은 좌긔를
추려 슈졍을 엄형 국문ᄒ되 다른 말노 알이거던

짐의게 알이고 만일 젼츄와 갓거던 즉시 쳐참ᄒ라 ᄒ신ᄃ 빅
관니 승명ᄒ고 좌긔를 ᄎ린 후 슈졍을 올녀ᄒ신 ᄉ연을 이르
고 빅가지로 엄형국문ᄒ들 일졈 쇼죄 업스니 엇지 달니 아릴
이요 불상ᄒ고 가련ᄒ다 뎡슈졍이 별 갓튼 눈의 ᄲ러지ᄂ니
눈물이요 옥갓튼 다리에 흐르ᄂ니 유혈이라 그 참혹ᄒ 졍승
은 ᄎ마 보지 못할너라 그 즁의 졍신을 ᄎ려 젼일 문복할 ᄶ
판쉬 그림 ᄒ 즁을 쥬며 세 번치 죽을 ᄶ를 당ᄒ

거던 니여 노으라 ᄒ던 말을 싱각ᄒ고 그 그림을 니여 당상
의 올인ᄃ 빅관니 셔로 보다가 그 ᄠᄉᆯ 아지 못ᄒ여 슈졍다
려 뭇거날 슈졍이 ᄃ왈 **죄**인이 그 ᄠᄉᆯ 알진ᄃ 엇지 옥즁의
셔 칠삭이나 고싱ᄒ리잇가 빅관니 ᄒ득할 길 업셔 탑젼의 올
인니 상이 보시고 ᄯᅩᄒ 아지 못ᄒᄉ 장안 죵노의 방을 ᄶ 붓
치되 능히 아난 지 업난지라 상이 더욱 질노ᄒᄉ 빅관의 ᄒ
교ᄒ시되 **죄**인니 괴이ᄒ 거슬 올녀 국가의 의심이 되게 ᄒ면

ᄒ여 살녀줄가 ᄒᄆ니 엇지 요망치 안ᄒ리요 금일은 결단코
쳐참ᄒ라 ᄒ신ᄃ 빅관니 젼교를 이르고 장ᄎ 쳐참ᄒ려ᄒ되

슈정이 호쇼할 곳시 업스미 다만 흐날을 우럴너 탄식흐고 고
향을 향흐고 통곡흐며 죽기만 기다리니 장안 만민니 그 정경
을 보고 막불유체흐더라 잇써 좌의정 니공필의 집이 금부 엽
희 잇난지라 정경부인니 여하를 다리고 후원의 올너 옥수 결
쳐함을 귀경흐다가 부인니 가로되 불상

흐다 뉘 능히 져 罪인을 살니리요 흐신디 쇼졔 곗티 잇다가
엿주오디 져 옥스난 국가의 큰일이옵거날 세상 스람이 다 귀
먹고 눈 어두어 흑빅을 가리지 못흐오니 엇지 흔심치 안흐릿
가 쇼네 비록 규즁 약질이오나 흔번 공변된 말슴으로 국가되
스를 발키고져 흐나이다 부인니 놀나 왈 네 엇지 흑빅을 분
별흐리요 망녕된 말을 너지 말나 흐시니 쇼졔 쏘 엿주오디
모친은 염녀 마르쇼셔 흐고 시비를 불너 일오디

네 밧비 좌긔흐신 빅관 압희 나어가 나의 젼갈를 알외라 흐
니 그 젼갈의 흐엿스되 쳡은 규즁의 일기 여지라 정정흔 덕
과 유흔흔 티도를 직히미 당연흐옵고 국스의 춤녜흐와 당돌
이 의논함은 불가흐오나 옛글의 흐엿스되 쳔흐난 흔 스람의
쳔히 아니요 쳔흔 스람의 쳔히라 흐엿스오니 나라의셔 법을

닉시기난 천하 사람을 위하미라 그런 고로 한 사람을 죽이려
하면 일국 사람이 다 가로디 죽이미 올타 한

연후의 죽이나니 이난 국법이 지공무사함이라 한 사람의게
형벌를 그릇하면 만민니 다 칭원하나니 첩이 비록 규중의 쳐
하엿스오나 셰더로 국녹지신의 딸이오니 또한 신희라 남의
신희 되여 임군을 위함은 남녀 일반니라 엇지 규중 본식만
직히고 춤견치 아니하여 만민의 칭원이 임군의게 도러가게
하리요 이번 옥스로 말하오면 그 사람의 罪지유무를 규중 여
지 엇지 알니잇가만은 듯스온즉 그 罪인이 무슴

원정을 올녓다 하오니 이난 반다시 묘믹이 잇난 일이라 그
뜻슬 광문하여 흑빅을 분별하오면 쳣지난 성상의 너부신 은
덕이요 둘지난 신즈의 당연한 직분니오니 복원 여러 죤공은
그 원정을 다시 발키스 칭원니 업게 하옵쇼셔 하엿더라 시비
젼갈를 밧들고 금부 좌긔한 디 나어가 나쫄을 헛치고 드러가
쇼져의 젼갈을 알외니 당상 빅관이 더경하여 왈 이갓튼 여즈
난 만고의 업도다 하며 무슈이 칭찬하더라

28앞

잇찌 니공필이 좌긔예 참녜ㅎ엿다가 여아의 젼갈함을 듯고
안식을 죠금도 변치 아니ㅎ거날 좌우빅관니 치ㅎㅎ며 그 연
고를 무른디 이공이 디왈 닉 늣게야 여식 ㅎ나를 두엇습더니
요죠혼 틱도와 유호혼 덕힝의 츙신 열ᄉ의 졀힝을 겸ㅎ와 규
즁의셔 미양 긔특혼 일을 만이 보왓ᄉ오디 여식의 일이온고
로 다른 ᄉ람다려 말ㅎ지 아니ㅎ엿습거니와 오날날 이러혼
말이야 ㅎ올 쥴 엇지 알니잇가 빅관니 상의ㅎ여 왈 그 쇼졔
반다시 지식이 잇기로 이럿틋 젼갈ㅎ엿시니 회답ㅎ여

28뒤

이 옥ᄉ를 결단ㅎ즈 ㅎ고 즉시 답 젼갈ㅎ니 ㅎ엿시되 쳔고의
드문 말슴을 듯ᄉ오니 마음에 황연ㅎ기난 고ᄉㅎ고 도로혀
국가의 일층셩광이오니 그 감ᄉㅎ온 말슴은 일오 다 젼치 못
ㅎ거니와 이 옥ᄉ를 결쳐ㅎ미 시급혼지라 낭ᄌ의 말슴디로
쳔ㅎ의 지공무ᄉ혼 국법을 혼번 굽히면 인군과 용녈혼 빅관
니 다 그른디 도러가리니 엇지 슴가ㅎ고 두렵지 안일잇가 쏘
한 낭ᄌ의 말슴의 디디국은을 입ᄉ와 갑습기 망극ㅎ다 ㅎ오
니 엇지 규즁슈치를 인연ㅎ여 인군니 불민혼 짜의 이르게 ㅎ
리요

원컨더 낭즈난 밧비 발키 가리쳐 셩샹의 근심을 더르시고 罪
인의 원망이 업게 ᄒᆞ옵쇼셔 이갓치 용녈ᄒᆞᆫ 즁관의 붓그럼이
야 엇지 다 말슴ᄒᆞ올잇가 ᄒᆞ엿더라 시비 도러와 그 연유를
고ᄒᆞᆫ더 쇼졔 듯고 다시 젼갈ᄒᆞ되 지공지졍ᄒᆞᆫ 국법을 엇지 규
즁 여즈로셔 당돌이 결쳐ᄒᆞ올잇가만은 만일 쳡으로 ᄒᆞ여금
쳐결코져 ᄒᆞ실진더 좌긔ᄒᆞ신 엽희 장막을 치우고 쳡을 부르
시면 ᄒᆞᆫ번 공ᄉ쳥의 나어가 결단ᄒᆞ올가 ᄒᆞ나이다 시비 ᄯᅩ 그
더로 빅관의게 알외니 빅관니 즉시 나졸을 명ᄒᆞ여 디쳥 뒤의
장막과

병풍을 둘너치고 포진을 다ᄒᆞᆫ 후의 쇼져를 쳥ᄒᆞ거날 쇼졔 슈
십 명 시비를 다리고 교즈의 올너 완완니 나어가 포진 안으
로 드러가 안고 罪인의 원졍을 올니라 ᄒᆞᆫ더 나졸이 그림 ᄒᆞᆫ
장을 올니거날 쇼졔 이윽히 보다가 나졸을 불너 왈 네 김의
졍 덕의 가 죵 문셔를 달나 ᄒᆞ여 밧치라 ᄒᆞᆫ더 나졸이 김의졍
덕의 나어가 죵 문셔를 달나ᄒᆞ니 김의졍이 그 곡졀을 모르고
죵문셔를 너여 쥬거날 슌식간의 쇼져게 드리거날 쇼졔 바더
보더니 두어 글즈를 ᄡᅥᄡᅥ 봉ᄒᆞ여 좌긔ᄒᆞᆫ 압희 보너여 왈 밧
비 신실ᄒᆞᆫ 관원과 건장

훈 나졸을 증후여 이 봉셔를 갓고 김의졍 딕 근쳐의 가 쩌여
보게 후옵쇼셔 빅관니 그딕로 관원 일 인과 나졸 슈십 명을
명후여 보니니라 관원니 셔봉을 갓고 김의졍 딕 근쳐의 가셔
쩌여보니 후엿스되 김의졍 딕 노즈 즁의 빅황쥭이라 후난 놈
을 치문후여 잡어오라 후엿거날 관원니 김의졍 딕 문 안의
이르러 한 아희다려 문왈 이 딕 노즈의 빅황쥭이 어딕 잇난
요 그 아희 딕왈 지금 딕감의 다리를 치나이다 다시 문왈 빅
황쥭은 이 딕 노즈로 엇지 딕감의 다리를 치리요 가 아희 딕
왈 빅황쥭은

본딕 인물이 비범후고 총명이 과인함으로 딕감계옵셔 총이
후스 슈쳥을 증후엿나이다 관원니 나졸을 명후여 스랑의 들
어가 그 놈을 잡아닉여 결박후여 도러와 잡어온 스연을 쇼져
게 고후거날 쇼졔 분부후되 그 놈의 호픠를 올니라 후니 나
졸이 즉시 호픠를 쩌여 올니거날 쇼졔 바더보니 과연 빅황쥭
이라 빅관의게 견갈후여 왈 딕져 부부지의난 스람마다 즁훈
지라 딩 할님이 당쵸의 김 쇼져와 부부지의를 믹졋시니 쳣날
밤을 당후미 쇼년 남자와 쳥츈 여지지 긔상 합후여

원잉이 짝을 맛나고 봉황이 ᄌ웅을 부름 갓틔여 그 집흔 졍
이 비할 듸 업스려든 ᄒ물며 뎡 할님은 하향 원방의 싱장ᄒ
고 김 쇼져난 경ᄉ 심규에 싱장ᄒ엿시니 무슴 은원니 잇셔
죽엿스리요 이난 반다시 김 쇼졔 힝실이 부졍ᄒ여 이 놈으로
더부러 통간ᄒ엿다가 혼일을 당ᄒ여 영별ᄒ미 져 불측흔 놈
이 결연흔 졍과 분흔 마음을 이긔지 못ᄒ여 슴경 반야의 칼
을 찌고 드러가 죽이미요 뎡 할님을 죽이지 못함은 병풍 뒤
예 은신함이요 혼져 은신ᄒ여 피화함은

신부난 잠을 ᄌ고 ᄌ긔난 줌을 아니 드럿다가 문 밧긔서 인
젹이 잇슴을 괴이 여겨 여어보니 엇더흔 놈이 칼을 들고 드
러오미 밋쳐 신부를 찌우지 못ᄒ고 혼져 병풍 뒤의 슘어 신
부 죽이난 광경을 보고 인ᄒ여 긔졀ᄒ엿시니 이난 인인 군ᄌ
의 불인지심이요 쪼한 발명치 못ᄒ기난 긋쩌 증참이 업스미
요 속졀업시 죽게 되여 원졍을 올니되 그 뜻슬 모르기난 젼
일의 문복혼즉 판슈의 말의 신슈 불길ᄒ다 ᄒ고 도읰 모양으
로 그림 흔 중을 만드러 쥬며 죽을 쩌를 당

ᄒ거든 이거슬 올니라 ᄒ고 그 ᄯᅳᆺᄂ 가리치지 아니 ᄒ엿시니
엇지 알니요 그러ᄒ나 이 그림 ᄯᅳᆺ슬 알기 쉬온지라 그 놈의
승명을 그림으로 비유ᄒ여 흰 죠의예 누른 더를 그려시니 이
난 빅황쥭이라 엇지 이만 거슬 발키지 못ᄒ리요 이 놈을 국
문ᄒ오면 ᄌ연 알연니와 일후라도 이러ᄒᆫ 옥ᄉ를 당ᄒ거던
살피고 살펴 원셩이 업게 ᄒ옵쇼셔 이곳슨 공ᄉ쳥이라 여ᄌ
의 몸으로 오리 쳐ᄒ지 못ᄒ기로 도러가오니 ᄌ셔이 문쵸ᄒ
여 발키 결쳐ᄒ옵쇼셔 ᄒ고 시비를 다리고 교ᄌ의 올너 본집
으로

도러온니라 당상 빅관이 니 쇼져의 가리치난 말을 드르미 경
계 쇼연ᄒ여 마음의 황연ᄒᆫ지라 일변 빅황쥭을 잡어올녀 엄
형 국문ᄒᆫ디 빅황쥭이 일호도 긔망치 아니ᄒ고 바로 알이되
쳔되 무심치 아니ᄒᆞᆺ 罪상이 임의 탈노ᄒ엿ᄉ오니 엇지 감
이 긔망ᄒ올릿가 쇼인이 작년의 나히 십팔 셰라 츈슴월 망간
의 슴경 반야를 당ᄒ여 명월은 지쳔ᄒ고 츈풍은 만지ᄒ여 동
원 도리 편시츈과 공산야월 두견셩이 쇼인의 츈흥을 도도오
미 호탕ᄒᆫ 밋친 마음을 견듸지 못ᄒ여

월식을 귀경ᄒ며 화계의 비회ᄒ옵더니 슘오아 슘경의 은은
ᄒᆫ 거문고 쇼리 바람을 좃쳐 들니 압기 탐화 봉졉이 엇지 불
을 두려ᄒ리잇가 더옥 호탕ᄒ여 그 쇼리를 좃쳐 담을 넘어
연당 압회 드러가온즉 등촉이 휘황ᄒᆫ디 분벽ᄉ창 안의 쏫갓
치 어엽분 쇼졔 칠현금을 무릅 우의 놋코 셤셤옥슈로 셰명
당ᄉ줄을 골나 월식을 희롱ᄒ며 ᄉ마상에 탁문군을 맛나랴
고 봉황곡을 타옵다가 인ᄒ여 거문고를 밀쳐 놋코 화류 칙상
을 디ᄒ여 시젼을 을푸난디 야유ᄉ균이여날 빅모포지

로다 유녀회츈이여날 길ᄉ유지로다 ᄒ옵거날 쇼인도
약간 글ᄌ를 비왓ᄉ오미 그 뜻시 츈졍이 무루 녹어 남ᄌ를 싱
각ᄒ옵난 줄 알고 ᄉ창을 열고 드러가온즉 그 쇼졔 처암은
슈괴ᄒ난 쳬ᄒ옵다가 나죵은 암말이 굽을 치난 티도를 ᄒ옵
기 쇼인이 거문고 곡죠와 시젼을 푸던 뜻슬 화답ᄒ여 츈흥
을 도도온즉 그 쇼졔 과연 흔연 낙죵ᄒ옵기로 ᄀ날붓허 운
우지졍을 일루워 낫지면 상별ᄒ고 밤이면 상봉ᄒ와 양
인의 질거온 졍이 쏫속의 츔츄난 나뷔요 물속의 넘노난 고기라

34앞

셔로 언약ᄒᆞ옵기를 모일 모야의 경보를 ᄊᆞ 가지고 도망ᄒᆞ여
ᄇᆡ년히로ᄒᆞ고 쳘년 동낙ᄒᆞᄌᆞ ᄒᆞ엿더니 언약날이 당ᄒᆞ오미
ᄎᆞ탈피탈ᄒᆞ옵고 다른 사람과 ᄌᆡ혼ᄒᆞ여 원잉 비취지낙을 일
루오니 쇼인이 표탕훈 졍신과 분로훈 심ᄉᆞ를 익긔지 못ᄒᆞ여
습경 반야의 비슈를 갓고 연당 안의 드러가 보온즉 신랑은
간 ᄃᆡ 업습고 신부난 누엇습기 죽엿ᄉᆞ오니 밧비 죽여 국법을
발키옵쇼셔 ᄒᆞ거날 ᄇᆡ관니 괴이 여겨 즉시 김의졍을 쳥ᄒᆞ여
안치고 ᄯᅩ ᄇᆡ황쥭을 국문ᄒᆞ여 젼후ᄉᆞ를 낫낫치

34뒤

알이라 ᄒᆞ여 ᄌᆞ긔 귀로 듯게 ᄒᆞ니 김공이 불승슈괴ᄒᆞ여 눈을
ᄯᅳ지 못ᄒᆞ고 노복을 불너 집으로 도러가더라 ᄇᆡ관니 쵸ᄉᆞ긔
를 밧들어 탑젼의 쥬달ᄒᆞ니 샹이 ᄃᆡ경ᄃᆡ희ᄒᆞᄉᆞ 이 쇼져의 지
감을 못ᄂᆡ 칭찬ᄒᆞ시고 니공필을 명쵸ᄒᆞᄉᆞ 무슈이 치ᄉᆞᄒᆞ시
며 호죠의 ᄒᆞ교ᄒᆞᄉᆞ 비단 슘ᄇᆡᆨ 필과 황금 오십 냥과 ᄇᆡ금 오
십 양을 ᄉᆞ숑ᄒᆞ시고 뎡슈졍을 픠쵸ᄒᆞᄉᆞ 위로ᄒᆞ여 왈 과인이
불명ᄒᆞ여 무罪훈 경을 칠삭이나 옥즁의 고ᄉᆡᆼ케 ᄒᆞ엿스니 다
시 ᄃᆡ할 낫시 업도다 ᄒᆞ시고 형죠참판을 졔슈ᄒᆞ신ᄃᆡ

슈정이 못니 천은을 츅ᄉᄒ며 왈 이난 다 신의 불츙지죄요
팔ᄌ쇼관이오니 누를 원망ᄒ올잇가 상이 ᄯ ᄒ교ᄒᄉ 빅황
죽은 능지쳐참ᄒ고 김셩필은 삭탈관직의 문외츌숑ᄒ시더라
각셜 잇써 장안의 동요 잇스니 일홈은 시원가라 그 노러예
ᄒ엿스되 시원ᄒ고 샹쾌ᄒ다 뎡 참판의 일이로다 신명ᄒ고
긔특ᄒ다 니 쇼져의 지감이여 만고의 드물도다 부졍ᄒ다 김
쇼져의 힝실이여 만번 죽어 맛당토다 불칙ᄒ다 빅황죽의 罪
상이여 능지쳐참 면할숀냐 무안ᄒ다 김의졍이여

삭탈관직 붓글럽다 만죠빅관 무엇할고 일기 여ᄌ 니 쇼져를
당할숀냐 계명산 츄야월의 장ᄌ방의 옥통쇼로 팔쳔 병을 헛
텃신들 이의셔 더할숀냐 융쥰 용안 한 고죠의 젹쇼금을 잇ᄯ
러 쵸픠왕을 버엿신들 이의셔 더할숀냐 안이의 무렴보던 쇼
진니 산동 육국을 달녀여 육국 샹닌 허리예 빗기 ᄎ고 금의
환향ᄒ엿신들 이의셔 더할숀냐 한광무의 용금 비러 역젹 왕
밉을 버혓신들 이의셔 더할숀냐 쵸한 명장 혼신니 회음셩ᄒ
표모의 밥을 어더 먹고 낙시질ᄒ다가

일더 명장 되엿신들 이의셔 더할숀냐 상쾌ᄒ고 시원ᄒ기 칭
냥 업다 ᄒ더라 잇ᄯ 상이 옥ᄉ를 결쳐ᄒ신 후의 좌의졍 니공
필을 인견ᄒᄉ 가라ᄉ더 과연 이 혼인을 즁미하미 붓ᄯ런 비
나 경의 여아와 뎡슈졍은 쳔상비필이라 이졔 결혼ᄒ미 엇더
ᄒ요 니공필이 쥬왈 신니 당쵸붓터 합의ᄒ오나 김성필의 아
신 비 되엿습거니와 이번 옥ᄉ를 결쳐ᄒ온 후난 더옥 혐의ᄶ
어 다시 긔구치 못ᄒ나이다 상이 쇼왈 그러할쇼록 쳔졍연분
인니 엇지 허물ᄒ리요 과인이 쥬혼ᄒ리라 ᄒ시고

즉시 증혼ᄒ여 양신길일을 가리니 이월 쵸구일이라 이러구
러 길일을 당ᄒ니 상이 뎡 참판의 혼구를 ᄌ당하ᄉ 셩녜할시
그 위의 볼ᄶ시면 일위 쇼년니 금안쥰마의 놉히 안져 쳥ᄉ관
더의 더모각더를 눌너 씌고 만호 슈양버들 속의 쳥홍긔를 반
만 가리우고 장악원 풍뉴쇼린난 원근의 ᄌ져지고 졍원 셔리
난 좌우의 옹위ᄒ여 쵸례쳥의 완완니 나어가니 쳔상 선관니
반도를 밧들고 허리를 반만 굽혀 옥경의 들어가난 듯 츈풍이
월빅화 만발ᄒ디 봉졉이 너울

너울 춤 츄난 듯 벽히 쳥농이 흑운 즁의 굽니나 듯 신부이
모양 볼짝시면 머리예 화관을 쓰고 몸에 칠보장복이 찰란흔
디 시비 등이 젼후의 옹위ᄒᆞ여 나어오니 일은 바 요죠흔 슉
녜 군ᄌᆞ의 죠흔 짝일너라 예를 맛친 후 뎡 참판이 외당의 나
어와 장인과 혼가지 안져 칠삭 고싱ᄒᆞ던 말씀을 슈작ᄒᆞ며 시
로이 신긔이 여기더라 이날 밤의 참판이 신방의 들어가 신부
를 영접할시 눈을 들어 잠간 살펴보니 졍졍흔 티도와 연연흔
얼골의 츈풍화긔 낫허나고 활달흔 긔상이

은은ᄒᆞ여 짐짓 여즁군ᄌᆞ요 규즁호걸이라 참판이 신인을 디
ᄒᆞᄆᆡ 문득 지셩지은을 싱각ᄒᆞ고 그져 안즐 길 업셔 이러나
읍ᄒᆞ고 왈 쇼져의 발그신 쇼견니 아니면 쇼싱의 실낫 갓흔
잔명이 엇지 보죤ᄒᆞ여 셰상을 다시 귀경ᄒᆞ올잇가 쇼졔 슈삽
흔 빗슬 씌고 가는 목에 고은 쇼리로 가로디 군ᄌᆞ난 엇지 이
러흔 말씀을 ᄒᆞ시난잇가 쳡이 훈번 규문 밧긔 나어가 국ᄉᆞ를
의논ᄒᆞ옴은 디디국녹지신의 여식으로 국은이 망극ᄒᆞ옵기
국법이 숀상함을 보고 그져 잇지 못ᄒᆞ여 일시

붓쓸엄을 도러보지 아니ᄒ고 평싱의 듯보도 못ᄒ던 남ᄌ를
위ᄒ여 그리함이옵거날 군지 쳡을 더ᄒ여 치ᄉᄒ시니 **쳡**의
붓쓰럼이 더할가 ᄒ나이다 참판이 그 말을 드르미 그 의ᄉ
더옥 활달ᄒ지라 무슈이 ᄉ레ᄒ고 우연니 벽상을 좀간 바라
보니 ᄌ긔가 당쵸의 불측ᄒᆫ 곳싀 들어갓슬 **쩌** 영결시 지은
글이 역역히 붓터 잇거날 마음의 괴이ᄒ고 창연ᄒ여 눈물을
금치 못ᄒᆫ디 쇼졔 그 거동을 보고 괴이ᄒ여 문왈 군ᄌ난 무
슴 쇼회 잇습건디 오날날 동방화촉의 신인을

더ᄒ여 눈물을 흘니시난잇가 참판이 디왈 세상의 괴이ᄒ고
측냥치 못할 일도 잇도다 져 벽상의 붓친 글을 보미 ᄌ연 심
회 슈란ᄒ여이다 쇼졔 불열훈 빗시 잇셔 왈 그 글이 아모리
슬푸온들 디장뷔 엇지 아녀ᄌ 압희 안져 낙누ᄒ리잇가 참판
니 디왈 천싱의 팔지 긔구ᄒ여 위경을 무슈이 격근 고로 져러
ᄒᆫ 글을 보면 ᄌ연 슬러ᄒ나이다 그러ᄒ오나 부인은 져 글을
어더서 어더 붓쳣난잇가 쇼졔 답왈 세상 ᄉ람이 다 외여 전파
ᄒ기로 어더 붓쳡습건니와 군ᄌ난 무슴 연고로 츌쳐를

즈셔이 뭇난잇가 참판이 그졔야 젼후스연을 낫낫치 말ᄒᆞ디
쇼졔 이 말을 듯고 디경실식 왈 그러ᄒᆞ오면 굿쎠 그 쳐즈와
이별할 쎠 무엇슬 쥬던잇가 참판니 디왈 다만 은즈 스 되를
비단보의 너허 쥬기로 그거슬 가지고 잔명을 보죤ᄒᆞ엿나이
다 쇼졔 그졔야 그 쎠 그 슈지 금야 낭군인 쥴 알고 달녀드러
참판의 숀을 잡고 왈 군즈난 쳡을 모르시난잇가 쳔지신명이
도으스 죽엇던 군지 다시 살어낫스오니 엇지 즐겁지 안ᄒᆞ올
릿가 참판이 ᄯᅩᄒᆞᆫ 그 쎠 그 쇼졔 오날 낭진 쥴 알고

일경일희ᄒᆞ여 아모란 쥴 모르다가 이윽히 졍신을 추려 왈 이
거시 꿈인야 셩시냐 영결죵쳔 상별ᄒᆞ고 거의 죽은 몸이 요힝
으로 다시 살어나셔 일구월심 즈나 쎠나 다만 낭즈 싱각뿐일
넌니 쳔우신죠ᄒᆞ와 이졔 연평의 칼이 두 번 합ᄒᆞ고 낙창의
ᄭᅢ여진 거울이 다시 합ᄒᆞ엿스오니 엇지 희ᄒᆞ치 안ᄒᆞ리잇가
양인이 희희낙낙ᄒᆞ여 연침ᄒᆞ니 그 비밀ᄒᆞᆫ 졍이 비할 디 업더
라 밤시도록 상스ᄒᆞ던 졍화를 셜화ᄒᆞ며 낭지 심즁의 싱각ᄒᆞ
되 낭군을 죽엿닷가 다시 살녀 낭군을 숨엇

시니 상부할 슈를 도익ᄒ엿도다 ᄒ고 질검을 이긔지 못ᄒ더
라 날이 발그미 쇼졔 일어나 부모 양위게 이 ᄉ연을 고ᄒᄂ디
승상부뷔 듯고 디경디희ᄒ여 무릅을 치며 왈 이난 만고의 드
문 일이라 ᄒ시고 노복 등이 쏘훈 이 말을 듯고 디경디희ᄒ
더라 참판니 당쵸의 교ᄌ를 머이고 단니던 노복을 불너 왈
너의 등이 나를 달이고 단일 ᄻ의 슈고ᄒ엿쏘다 ᄒ고 은ᄌ
열냥식 상급ᄒ고 그 즁의 늘근 종을 불너 치ᄉᄒ여 왈 너곳
아니면 닉 엇지 살엇시리요 은ᄌ 오십 냥을

별노이 상급ᄒ여 왈 이거시 약쇼ᄒ나 닉 직셩지은을 갑노라
ᄒ고 쏘 은ᄌ 오십 냥과 비단 세 필을 쥬며 왈 이거슨 상젼
쇽인 죄로 쥬노니 그리 알나 ᄒ더라 뎡 참판이 취쳐훈 후 탑
젼의 들어가 쥬달ᄒ되 신이 집 ᄯ나온 지 거의 슈년니 되엿
ᄉ오니 잠간 고향의 니려가 노모를 상면코져 ᄒ나이다 상이
가라ᄉ디 경이 영화를 ᄭ고 고향의 도러가니 깃부기 칭냥치
못ᄒ건이와 경은 과인의 슈죡갓흔 신히니 올리 머무지 말고
쇽히 올너오라 ᄒ시고 겸ᄒ여 경상 감ᄉ를 졔슈

흥亽 위의를 갓쵸와 어젼 풍악을 쥬시거날 참판니 쳔은을 츅
亽흐고 물너나와 장인 니외게 흐직흐고 쇼흔 쇼져를 작별흐
고 길을 써날시 감亽의 긔구를 추려 각읍의 션문 놋코 운학
동으로 나려가니 가진 풍악쇼리난 만쳡강산을 흔드난 듯 팔
십 명 나졸은 젼후의 나렬흐여 옹위흐엿시니 도로의 귀경흐
난 직 칭찬 안니리 업더라 여러 날 만의 본가의 득달흐여 못
져 亽당의 들어가 비알할시 부친 싱각이 간졀흐여 눈물이 흘
너 관디를 젹시며 바로 모친 압희 나어가 비알흐니

부인니 일희일비흐여 눈물을 흘니시며 참판의 숀을 잡고 왈
어이 그리 더듸던냐 네 죽엇난가 살엇난가 쥬야 눈물 마를
써 업더니 이졔 쳔은을 입고 금의환향흐여 모직 상봉흐니 반
갑기 칭냥업다 흐시고 무슈이 칭찬흐시니 참판니 고왈 쳐암
의 보쌈의 드러갓다가 쳔힝으로 스러난 말슴이며 등과흔 후
김의졍의 여아와 셩혼흐여 쳣날 밤의 불칙흔 변을 당흔 말슴
이며 질삭을 옥즁의 고힝흐던 말슴을 낫낫치 고
달흐니 부인니 디경디희 왈 내 쇼져 아니던들 죽을 번흐엿도다

참판니 잇튼날 선산의 ᄒ직ᄒ고 모친을 모시고 감영의 이르러 션화당에 도임ᄒ고 인의덕화로 슈령의 션악과 빅셩의 원억을 발키 다스리니 거리거리 션졍비를 셰워 숑덕ᄒ더라 도임ᄒ 지 불과 슈월의 나라의셔 이죠판셔로 부르시거날 감시 즉시 모친을 모시고 경셩의 올너가 탑젼의 비알ᄒᄃᆡ 샹이 판셔의 손을 잡으시고 슈월 보지 못ᄒ 졍회를 말슘하시고 쟝안 갑졔를 증ᄒ여 ᄉ급ᄒ시거날 판셰 쳔은을 츅ᄉᄒ고 물너나어와 모친을 ᄉ급ᄒ신 집의

모시고 니의졍 집의 나어가 쟝인 양위게 뵈우니 승샹 양위 못닉 짓거ᄒ시더라 쇼져 침방의 나어가 반가이 샹ᄃᆡᄒ여 그ᄉ이 그리던 졍회를 미미히 셜화ᄒ고 즉시 우례ᄒ여 모부인게 헌알ᄒ니 졍녈부인니 니 쇼져의 손을 잡고 아즈의 직셩ᄒ 은혜를 못닉 치ᄒᄒ시며 짓붐을 이긔지 못ᄒ더라 잇ᄯᅢ 샹이 만죠빅관을 모와 국ᄉ를 의논ᄒ실시 뎡 판셔를 불너 가라ᄉᄃᆡ 죠졍 일을 무론 ᄃᆡ쇼ᄒ고 경의게 맛기난니 경은 착ᄒ 도와 고든 말노 과인

을 가리쳐 도으라 ᄒ시니 판셔의 명망이 국왕의 빅길녀라 이
러구러 셰월이 여류ᄒ여 습남 일녀를 두엇시되 모다 부모의
풍도를 달머 쇼년 등과ᄒ여 명망이 죠졍의 가득ᄒ고 권셰 일
국의 졔일일너라 아름답다 뎡슈졍이여 쵸년 팔ᄌ 지극히 흉
참ᄒ다가 후분 신슈 디길ᄒ여 영귀를 디디 눌인니 이러ᄒ 스
람은 쳔ᄒ의 드물고 니 쇼져난 여진로디 지감이 범인과 달너
낭군을 죽엿다가 다시 살녓시니

이러ᄒ 일은 고금의 업슬 듯ᄒ더라 무론 모인ᄒ고 일기 남ᄌ
를 탄싱ᄒ여 길너닐 졔 일년 열두 달 다 지나도 무병ᄒ여 육
칠 월 외갓치 붓듯ᄒ여 명도 질고 복도 만ᄒ면 그 안니 죠을
숀냐 그러ᄒ나 인싱 십오 셰의 바이 놀기 어려워 무슴 글을
일거던가 쳔ᄌ유합 동몽션습 ᄉ략통감 밍ᄌ 논어 즁용 디학
시젼 셔젼 쥬역 빅가어를 무불통지ᄒ온 후의 셔울셔 경과 뵈
인단 말 바람 풍편의 언뜻 듯고 과거 힝장 ᄎ

릴 젹의 한산 셰모시 쳥도포의 흑ᄉ씌를 눌너 씌고셔 산나귀
슌금 안장에 호피도듬을 지여 션뜻 올너 한양셩을 바라보고

올너갈시 ᄒ로 잇틀 숨ᄉ 일의 남ᄃᆡ문의 드러가 장즁 긔계
ᄎ려 갓고 츈당ᄃᆡ의 드러가 글졔를 기다린다 무슴 글졔 ᄂᆡ엿
던냐 봄츈 〻 바람풍 〻 번뜻ᄒ다 시지를 펼쳐 놋코 랑쥬 ᄉ
긔 연젹의 물을 너허 남포 슈침셕 벼루의 부용당 먹을 셕셕
갈어 ᄃᆡ황모 무심필노 일필휘지ᄒ여 상시관게 올인이 시관니

44뒤

보시고 어허 그글 더욱 죠타 귀귀관쥬요 ᄌᄌ비졈이라 알셩
급졔도 장원을 졔슈ᄒ여 즉일 창방할시 어쥬삼비 바더먹고
즁안ᄃᆡ도 숭의 숨일유과 돌고 본집으로 나려올시 칠픠 팔픠
얼는 지나 상유쳔 ᄒ유쳔 슌식간 지나올 졔 랑ᄃᆡ봉은 거러오
고 일산봉은 츔을 츈다 산에 올너 쇼분이요 들에 ᄂᆡ려 도문니
라 경방ᄌ 놈 거동 보쇼 한님 엿쥬 한님 엿쥬 ᄒ난 쇼릐 나라
의 츙신니요 부모의 효지로다 그 안니 죠을숀야 글낭 졀

45앞

낭 다 바리고 농ᄉ 혼 쳘 지여보세 물이 칠넝 슈답이요 물이
말넛다 건답이라 무슴 벼를 심엇던냐 경상도의 ᄉ발 벼요 젼
나도의 ᄃᆡ쵸 벼요 빅슈 풍진 노인 벼요 일낙셔산 졈근 벼며
두렁 콩을 심엇시니 이팔쳥츈 쳥틔 콩과 올녹볼녹 쥐눈니 콩
과 남젼북답 근롱ᄒ여 츄슈 동즁ᄒ여 보세 고ᄃᆡ광실 널은 집

의 니젹니창 ᄒ여 두고 무병 안과 ᄒ오면 그 안니 죠을숀가
디장뷔 세상의 나셔 공성신퇴 ᄒ온 후의 임쳔의

쵸당지여 놋코 만권시셔 쏘어두고 졀디 가인 겻희두고 금쥰에
슐을 부어 취토록 먹은 후의 강구연월의 함포고복ᄒ여 세상ᄉ
를 상관업시 누엇시니 아마도 디즁부의 할 일이 이쑨이지